Écrivain marocain de langue française, Tahar Ben Jelloun est né en 1944. Il a publié de nombreux romans, recueils de poèmes et essais. Il a obtenu le prix Goncourt en 1987 pour *La Nuit sacrée*, ainsi que le prix international Impac, l'une des plus prestigieuses récompenses littéraires, en 2004 pour *Cette aveuglante absence de lumière.*

Tahar Ben Jelloun

ÉLOGE DE L'AMITIÉ, OMBRE DE LA TRAHISON

Éditions du Seuil

La première partie de cet ouvrage
a été initialement publiée aux éditions Arléa,
en 1994, sous le titre *Éloge de l'amitié*
(la soudure fraternelle).
La seconde partie est constituée de textes inédits.

TEXTE INTÉGRAL

ISBN 978-2-02-058549-1
(ISBN 2-86959-287-6, 1re publication)

Éloge de l'amitié

L'amitié est une religion sans Dieu ni jugement dernier. Sans diable non plus. Une religion qui n'est pas étrangère à l'amour. Mais un amour où la guerre et la haine sont proscrites, où le silence est possible. Ce pourrait être l'état idéal de l'existence. Un état apaisant. Un lien nécessaire et rare. Il ne souffre aucune impureté. L'autre, en face, l'être qu'on aime, est non seulement un miroir qui réfléchit, c'est aussi l'autre soi-même rêvé.

L'amitié parfaite devrait être une sorte de solitude heureuse, expurgée de sentiment d'angoisse, de rejet et d'isolement. Ce n'est pas une simple histoire de double où l'image de soi serait passée par un filtre, un examen qui en grossirait les défauts, les manques et en réduirait les qualités. Le regard de l'ami devrait nous livrer notre propre image avec exigence. L'amitié se tiendrait alors dans cette réciprocité sans faille, guidée par le même principe d'amour : le respect qu'on se doit à soi-même pour que les autres nous le rendent, naturellement.

Malentendus sciemment entretenus, interprétations fallacieuses, appropriation abusive d'un sentiment, erreurs de jugement, divergence de vision, l'amitié souffre de tout cela ; c'est la chose du monde la plus mal comprise. Le mot a été banalisé. On dit par exemple : « Ce sont des amis ». Quand on cherche un peu, on découvre qu'il s'agit simplement de collègues qu'on trouve sympathiques. On a bien tenté d'utiliser d'autres mots pour les différentes formes d'amitié : camaraderie, relation, compagnie... mais reconnaissons que, souvent, on parle d'amitié là où il n'y a que relations superficielles, légères, sans conséquences.

Pour parler de l'amitié, je n'irai pas compulser des ouvrages dans les grandes bibliothèques. Il y en a de définitifs – je pense notamment au livre de Cicéron et au chapitre XXVIII des *Essais* de Montaigne. Je ferai simplement un retour sur moi-même, un voyage dans ma mémoire. Je vous conterai mes histoires d'amitié comme des histoires fabuleuses ou banales, surprenantes ou quelconques.

J'ai suivi dans ma vie le conseil de Cicéron qui nous engage à placer l'amitié au-dessus de toutes les choses humaines. « En effet, rien n'est plus naturel et rien ne se concilie aussi bien avec le bonheur comme avec le malheur. »

À l'école coranique, on n'avait pas le temps de se faire des amis. On nous déposait le matin dans la petite mosquée du quartier. Nous enlevions nos chaussures, nous nous asseyions sur des nattes dures et répétions à l'infini les versets du jour. Nous devions apprendre par cœur le Coran. Le maître – *fqih* – énonçait la première phrase et nous la reprenions après lui en chœur. C'était ennuyeux et lassant. Quel plaisir un enfant de cinq ans peut-il trouver à apprendre par cœur des versets dont il ne comprend pas le sens ? De plus, nous n'avions pas de récréation. C'était la matinée continue. À midi, nous quittions l'école en souhaitant ne plus y revenir. L'après-midi, nous étions de retour, profitant de la somnolence du fqih pour dire n'importe quoi.

Mon voisin aurait pu devenir un ami. Il me gardait une place à côté de lui et, comme moi, piaffait d'impatience à l'approche de midi. Nous éprouvions le même sentiment à l'égard de cet apprentissage forcé mais nous n'osions pas le dire à nos parents.

Le fqih avait un bâton assez long pour réveiller les enfants qui s'endormaient au fond de la classe. Nous ne l'aimions pas. C'était un mauvais vieux. Sa barbe était clairsemée, sale. Il avait un regard méchant. On se demandait bien pourquoi. En tout cas, il n'aimait pas mon voisin, Hafid, qui avait une tête anormalement grosse. Il lui en voulait de ne pas être comme les autres enfants. Je ne comprenais pas cette attitude.

Nous aurions pu, Hafid et moi, devenir de bons amis si la mort ne l'avait emporté au cours de l'année.

Un matin, le fqih n'est pas venu. Nous sommes rentrés chez nous. Je n'avais pas vu Hafid non plus. Très vite, le bruit a couru : « Ha mort ! C'est à cause de l'eau qui s'est méla avec du sang dans sa tête ; le fqih est allé le p parer pour l'envoyer au ciel, car les enfant quand ils meurent, deviennent des anges. Ils ne passent pas par le Jugement dernier. »

Depuis ce jour, j'ai peur des fqih laveurs de morts.

Je ne voulais pas que sa main touchât la mienne. J'évitais aussi de lui baiser la main, comme c'était la règle. J'arrivais à me défiler, en courant, jusqu'au jour où il m'attrapa, m'obligeant à lui baiser les deux mains, paumes et dos. Je me frottai alors les lèvres pour faire disparaître l'odeur de la mort. J'étais persuadé que, la main du fqih s'étant posée sur la tête de Hafid, celui-ci avait attrapé la mort comme on attrape un rhume.

Je comptais les jours qui me séparaient de l'école, l'autre, celle où l'on n'apprend pas par cœur, celle où l'on s'amuse en cour de récréation, celle où l'on a le temps de se faire des amis.

Mon premier ami avait un an de plus que moi. Nous n'étions pas au même collège. Nous nous étions rencontrés en été, à Ifrane, où ma tante avait sa résidence secondaire (l'été à Fès est insupportable). Il avait les cheveux blonds, il était mince et élégant. Je ne me souviens plus dans quelles circonstances nous nous étions connus. Nous nous retrouvions tous les après-midi près de la cascade d'eau de source. Sérieux, nous parlions des études, de la famille et même de l'avenir de notre pays qui venait de recouvrer son indépendance. Nous étions trop sérieux et nous nous comportions comme de grandes personnes.

À l'époque, j'étais amoureux d'une cousine aux yeux bleus. Nous en parlions avec détachement. Il me disait : il n'y a d'amour que dans le mariage, sinon, ce n'est que cinéma et décadence. Or ma passion pour les images et le cinéma date précisément de cette époque.

Si je me souviens aujourd'hui de cette amitié, c'est qu'elle fut construite sur un mensonge. D'un an plus âgé, il paraissait plus jeun que moi. Je venais d'entrer en sixième. Quand je lui demandai en quelle classe il était, il me répondit « en cinquième » avec l'air de dire « évidemment ». Et moi, sans réfléchir, je répondis « moi aussi ». J'ai entretenu ce mensonge toute une année. Nous nous écrivions des lettres. Il me parlait des auteurs qu'il lisait en classe et je me précipitais à la bibliothèque française pour emprunter leurs livres, essayant de les lire à mon tour pour soutenir la discussion. Deux étés plus tard, je lui écrivis une longue lettre où j'avouais la vérité. Je n'arrivais plus à supporter les effets de mon mensonge. Je préférais m'en débarrasser. Ce fut la fin de cette amitié. Je ne reçus plus aucune lettre de lui. Je compris que l'amitié ne souffrait aucune dérogation, même pas un petit mensonge d'orgueil. La leçon se résumait ainsi : j'ai perdu un ami parce que je lui ai menti.

Ce petit mensonge d'un enfant de treize ans allait me poursuivre longtemps, au point que la vérité deviendrait pour moi une véritable religion aux conséquences graves. Pourtant, dire systématiquement la vérité n'est pas toujours souhaitable : toutes les vérités ne sont pas bonnes à dire. Mon deuxième ami était mon contraire : joueur, aventurier, séducteur, il faisait merveilleusement danser les filles. Nourredine était ce qu'on appelle un beau gosse, agréable et léger. Au lycée, il était classé dans les derniers. Il aimait me fréquenter parce qu'il voulait « casser » mon air sérieux et grave et me pousser dans le monde de la frivolité et de la fête. Nous aimions tous les deux le cinéma. Lui ne parlait que des acteurs (il aimait s'identifier à James Dean et à Errol Flyn), moi, je m'intéressais aux réalisateurs et aux producteurs. Lui disait : « J'ai vu un film de John Wayne », moi : « J'ai vu un film de John Ford ou de Howard Hawks. »

Chez nous à la maison, il n'y avait pas de cigarettes, encore moins d'alcool. Pas de sortie non plus au-delà d'une certaine heure. Et, au lycée, je prenais les cours très au sérieux. Nourredine aimait raconter ses soirées en se vantant de ses conquêtes féminines. Il prétendait avoir séduit Irène Papas et Dalida qui étaient de passage à Tanger. Je l'écoutais avec envie. Ma timidité m'empêchait de le suivre dans ses sorties. Pendant que je rêvais des filles, lui découvrait leur corps et collectionnait les lettres d'amour. Le jour où je tombai amoureux, il se moqua de moi. Blessé, je découvris que Nourredine n'écoutait jamais les autres ; il n'avait besoin d'un auditoire que pour l'exercice de sa vanité. Sans me disputer avec lui, je pris mes distances, persuadé que l'amitié ne pouvait exister sans écoute réciproque. Pendant longtemps, j'avais écouté Nourredine me raconter ses histoires, tandis que lui était incapable de donner un peu de son temps à celui qu'il considérait comme son ami.

Aujourd'hui, Nourredine est un autre homme. Un séducteur fatigué, vieilli avant l'âge. Nous nous voyons, par hasard, une fois tous les trois ou quatre ans. On se dit des banalités. À chaque fois, il me rappelle l'époque où il m'enviait parce que j'avais les cheveux longs et que je lisais deux romans par semaine.

À la même époque, j'allais au cinéma avec Boubker, un garçon petit de taille, méticuleux et possessif. Son comportement me paraissait étrange. Il me faisait un peu peur. Il me parlait de sa mère que son père enfermait à la maison. Je me souviens qu'il ne m'invitait jamais chez lui alors qu'il venait souvent chez mes parents.

Un jour, j'appris que sa mère était devenue folle et qu'il ne s'en était pas remis. Il était tyrannique. Il lui arrivait d'être cruel avec les chats. Je ne me sentais pas à l'aise avec lui. Il me terrorisait. Ce n'était pas une relation d'amitié.

Je compris alors que l'amitié ne peut se fonder sur la peur ou la tyrannie. Je m'éloignai sans rompre tout à fait avec lui.

Je ne m'étais pas trompé.

Trente ans plus tard, cet homme est devenu un pilier de mosquée, un intégriste pur et dur. Il s'est laissé pousser la barbe. Chaque fois qu'il voit une jolie fille habillée à l'européenne, il invoque les foudres de Dieu.

Si j'évoque aujourd'hui son souvenir, c'est parce qu'il ne manquait pas d'intelligence, ni même d'humour. Ses manies, ses angoisses, son malaise me l'avaient rendu sympathique. Il faut dire que je n'ai rien fait pour l'aider à sortir de ce long tunnel où les problèmes familiaux l'avaient jeté.

Avec Lotfi, rien ne me prédisposait à devenir ami. Nous n'étions pas dans le même lycée ; nous n'habitions pas le même quartier et nos familles ne se connaissaient pas. Lui appartenait à une vieille famille de Tanger. Moi je venais de Fès, et mon père ne nourrissait pas beaucoup de sympathie pour les gens de Tanger. Il les trouvait paresseux et peu sociables.

Lotfi aimait le jazz et moi le cinéma. Lui proclamait partout sa passion pour les libres penseurs, comme Voltaire ou Anatole France, tandis que je demandais pardon à Dieu de frayer avec cet individu. Lui aimait monter des gags et des canulars ; moi, je trouvais cela de mauvais goût. Lui disait tout haut ce qu'il pensait ; moi, j'enrobais mes idées dans de jolies phrases. Il était souvent désargenté ; je l'étais un peu moins que lui. Il ne prenait pas au sérieux le cinéma américain ; moi, je faisais des dissertations sur Orson Welles et j'animais le ciné-club de Tanger, au cinéma Roxy. Lui était marxiste (une tradition de frère en frère) et moi je me réfugiais dans le romantisme. Il avait de l'humour. J'en avais moins que lui. Il était audacieux ; j'étais précautionneux. Il faisait rire les filles ; je les ennuyais avec mes petits poèmes ridicules.

Malgré toutes ces différences, je ne ressentais pas Lotfi comme mon contraire. Nous étions différents mais « compatibles ». Nous étions à l'écoute l'un de l'autre. Notre amitié a commencé sur un ton léger. Rien n'était grave. On pouvait rire de tout. Lui ne mettait pas de limite à la dérision. Tout subissait son ironie. J'aimais bien cette liberté.

Non seulement il m'a appris à écouter les autres mais aussi à aimer le jazz.

Nous nous retrouvions chez un pianiste espagnol qui travaillait au centre culturel américain. Nous écoutions religieusement des disques de Duke Ellington, Count Basie, Miles

Davis, Dizzy Gillespie, etc. Nous avions notre club de jazz chez M. Abrinès, qui avait remplacé la passion de la musique par celle de l'alcool.

Dès qu'il s'agissait de musique, Lotfi devenait sérieux. Lorsque M. Abrinès avait trop bu, nous nous rendions chez Lotfi pour écouter de la musique classique. Il connaissait la vie des grands compositeurs, comparait les différentes versions de telle ou telle symphonie. C'était un vrai mélomane : il nous intimidait tout en soulignant notre ignorance. On se demandait où il avait pu apprendre toutes ces choses que nous ignorions. Ses frères lui avaient communiqué l'amour de la musique comme ils lui avaient donné le virus du marxisme.

J'ai eu une enfance sans musique.

Mes parents ne connaissaient que la musique andalouse qu'on jouait dans les mariages. On avait un poste de radio où jamais on n'entendait de jazz. Lotfi mettait à notre disposition la discothèque de sa famille, donnant ainsi un sens à notre relation.

De mon côté, j'essayais de l'intéresser au cinéma. Peine perdue. Il s'ennuyait dans les salles obscures. Il n'aimait même pas les westerns – parce que, toujours, les héros y sont beaux et bons et les méchants lâches et laids. Et lui ne se trouvait pas beau. Il disait que le cinéma impose aux gens cette parité stupide entre beauté et bonté d'une part, entre laideur physique et méchanceté de l'autre. C'était ce qu'il reprochait le plus au cinéma. Et il n'avait pas tort. Le cinéma, surtout américain, est fondé sur ce manichéisme que le grand public applaudit et cautionne : l'héroïsme y doit être incarné par la beauté ; quant à la lâcheté, à la brutalité, elles doivent se lire sur les traits du visage. Et le visage de Lotfi n'attirait pas d'emblée la sympathie.

À l'époque, nous ne faisions pas attention à cela. Les filles nous narguaient. La seule occasion de leur faire la cour, c'était lors des surprises-parties organisées, la plupart du temps, par des camarades de classe français.

Nous y étions rarement invités. Nourredine était le seul Marocain invité systématiquement. Il était grand, beau et excellent danseur. C'était un amuseur public – et il pouvait facilement passer pour européen.

Lotfi et moi étions quelconques. Les filles ne nous remarquaient pas. Celles qui nous approchaient un peu ne retenaient même pas nos noms, ou les écorchaient : Lotfi devenant Lofti et moi Ta Ar.

Avec Lotfi on ne parlait pas d'amitié. On se voyait souvent en groupe. On faisait des pique-niques. C'était l'époque des amours. Lui dressait les dix défauts de sa petite amie. Moi j'écrivais des poèmes à mon premier amour. Je me souviens d'un type, grand de taille et très maigre, qui portait des jeans moulants et se faisait appeler Elvis. Nous, nous l'appelions *Fusil* à cause de sa maigreur, ou le *Rifain* à cause de ses origines. Il avait honte d'être pauvre et ne nous invitait jamais chez lui. Son égoïsme et son avarice avaient fini par nous le rendre infréquentable. Mais ce que nous ne lui pardonnions pas, c'était qu'il eût honte de ses parents.

Dans le groupe, il y avait aussi Hassan, qui bâillait pendant le cours de musique et voulait devenir diplomate. C'était un garçon sympathique. Il nous faisait rire par sa franchise, ses expressions aristocratiques et ses tendances à la paresse.

Le temps est le meilleur bâtisseur de l'amitié. Il est aussi son témoin et sa conscience. Les chemins se séparent, puis se croisent.

Après le lycée, Lotfi a fait des études d'économie, puis de tourisme. Il est parti en France. Je suis resté à Rabat. Mais bientôt une épreuve allait nous réunir à nouveau.

Quelques années auparavant, nous avions créé un syndicat d'élèves dépendant de l'Union des étudiants du Maroc, organisation de gauche, très politisée, et qui fut à l'origine du soulèvement des lycéens et étudiants, à Casablanca, à Rabat et dans d'autres villes du pays, en mars 1965. (Nous avions ainsi trois ans d'avance sur le Mai 68 des Français, avec cette différence de taille : les manifestants marocains furent beaucoup plus durement réprimés par la police et l'armée. Il y eut plusieurs dizaines de victimes. On ne sut jamais le nombre exact des morts et des blessés.)

Fin octobre de la même année, ce fut l'enlèvement puis la disparition de Mehdi Ben Barka. Un an plus tard, nous étions convoqués par l'armée pour le service militaire, service qui n'existait pas à l'époque, mais que le général Oufkir venait d'instaurer pour punir les quatre-vingt-quinze membres des syndicats étudiants et lycéens.

Nous nous sommes donc retrouvés, Lotfi et moi, l'été 1966, dans un camp disciplinaire de l'armée, à la caserne d'El Hajeb où nous fûmes traités en prisonniers, en rebelles qu'il fallait dresser et ramener dans les rangs. L'humour de Lotfi, sa manie de tout tourner en dérision et de vivre les moments pénibles avec légèreté, m'aidèrent beaucoup à supporter les six premiers mois de cette incarcération déguisée en service militaire. Les douze autres mois, nous fûmes séparés. Lui resta à El Hajeb. Moi, je fus envoyé, avec d'autres, à l'école des sous-officiers d'Ahermoumou, au nord de Taza – école de triste mémoire, car c'est de cet endroit que partira le commandant Ababou, avec un millier de soldats, vers Skhirat, pour tenter le coup d'État de 1971.

C'est le commandant Ababou et son homme de confiance, l'adjudant Akka, qui nous reçurent à El Hajeb, la tondeuse à la main, pour nous raser le crâne. En fait, c'est un caporal qui crachait par terre toutes les minutes qui me rasa la tête à deux heures du matin. Il fallait nous humilier, nous punir.

Cette première épreuve – cadeau de nos vingt ans – nous a permis de mieux nous connaître et surtout d'enrichir nos discussions sur la culture, la politique et l'amour des filles.

Au sortir du camp disciplinaire, nous avions changé. Nous avions mûri au cours de ces dix-huit mois pendant lesquels des militaires avaient essayé de nous briser et de nous faire payer nos choix de jeunes opposants politiques.

Chacun de son côté, nous avons repris nos études. L'été, nous nous retrouvions.

Puis, Lotfi quitta Montpellier pour Paris. Il travaillait tout en faisant des études. Il était devenu militant du parti communiste. Il vendait aux immigrés le journal du parti *Al Moukafih.*

Mes premiers poèmes furent écrits dans ce camp. Lotfi ne s'intéressait pas à la poésie. Toutes nos discussions étaient politiques. J'écrivais dans *Souffles*, la revue créée par le poète Abdellatif Laâbi. Le séjour forcé dans l'armée m'avait donné une sorte de brevet de « militant de gauche ». En fait, la politique ne m'intéressait pas beaucoup. Je fréquentais des artistes, des écrivains, des universitaires. Un monde nouveau où je découvrais que l'amitié, si elle était possible, n'était pas pour autant facile.

De cette époque – la fin des années 60 –, je garde une impression de flou où s'accumulent des illusions, des erreurs et des engouements. Je me souviens que j'étais l'ami et le confident d'une étudiante en histoire, plus âgée que moi, petite de taille, pas gracieuse mais très intelligente. Elle ne supportait pas d'entendre les hommes parler des jambes de Rita Hayworth ou d'Ava Gardner. Elle avait les jambes courtes, mais cela n'avait aucune importance. J'aimais sa compagnie, la qualité de son écoute. Nous sommes devenus inséparables. Elle se confiait à moi, et moi je lui parlais en toute liberté. C'était une amitié rare. Le jour où elle rencontra son futur mari, elle changea d'attitude, prit ses distances et cessa de me voir. J'eus mal. Je ne comprenais pas pourquoi elle avait brutalement suspendu tout contact avec moi. Son mari – que je lui avais fait connaître – adopta la même attitude. Je me disais que les gens sont ingrats. Je n'ai jamais eu d'explication avec elle. Je crois que je m'étais trompé. Ce ne serait ni la première, ni la dernière fois.

La plupart des hommes ont le tort – pour ne pas dire l'imprudence – de vouloir des amis meilleurs qu'ils ne sont eux-mêmes et de réclamer d'eux des services qu'ils seraient incapables de donner. Avant de chercher quelqu'un qui vous ressemble, il vous faut d'abord être un homme de bien.

Cicéron

Abdel passe pour un intellectuel brillant, un universitaire rêveur et un compagnon distrait. Pour moi, qui suivis quelques heures ses cours de sociologie à la faculté des lettres de Rabat, c'était avant tout un écrivain. Il avait fait sa thèse sur le roman maghrébin et publié son premier roman dans la prestigieuse collection de Maurice Nadeau « Lettres nouvelles ». *La Mémoire tatouée* est un beau texte. Une autobiographie douce, amère, dérangeante.

Il a été mon premier lecteur. Mon estime et mon admiration pour lui allaient grandissant. Il savait être disponible malgré son temps qui était précieux. Il avait ses habitudes, ses manies et ses humeurs. Rien de plus humain. Grâce à lui, mon premier texte fut présenté et publié dans *Souffles*.

Nos relations étaient toujours courtoises. Nos rencontres rares mais d'une belle intensité. Ce fut aussi Abdel qui m'aida à quitter l'enseignement et même à trouver une petite bourse pour partir à Paris. C'est dire que je dois un certain nombre de choses à cet homme. Dès que je fus à Paris, que François Maspero – un homme de qualité – publia mon deuxième recueil de poésie et que Maurice Nadeau accepta d'éditer mon premier roman, je pensai souvent à Abdel. Je cherchais à le remercier, à lui dire ma reconnaissance. Le journal *Le Monde* allait me donner l'occasion de le faire. François Bott, que venait de me présenter Jean-Pierre Péroncel-Hugoz, me demanda si je voulais présenter la poésie marocaine dans une page du *Monde des livres*. J'en avertis tout de suite Abdel et lui réclamai un texte. Il me répondit avec un certain détachement et un humour de mauvais goût. Finalement, je réussis à monter cette page avec l'aide du poète André Laude. Dès ce moment-là, j'aurais dû comprendre que nous n'avions pas la même conception de l'amitié. Je ne fis pas attention à certains détails, ni à certains commentaires. Mon amitié pour Abdel était entière, sincère et sans arrière-pensées. Je ne m'arrêtai pas sur des piques faites d'insinuations, de silences ou de sous-entendus. Sur cette page du *Monde*, figuraient Laâbi, Nissaboury, Khaïr-Eddine, Abdel et moi-même. Avec le recul, je pense qu'il aurait voulu cette page pour lui tout seul. Le hasard et une forme de naïveté (dont je suis grand dépositaire) feront que six ans plus tard, et après une brouille grave, je lui offrais deux pages du *Monde* pour lui tout seul, réalisant avec lui un long entretien pour la série « Les grilles du temps » qui paraissait tous les lundis avec annonce en première page.

La brouille. En fait ce fut un divorce. Une rupture décidée par lui. Ce fut lui, en effet, qui prit l'initiative de cette lettre (avril 1976) où il m'accusait de *mimétisme à son égard, de copier systématiquement ce qu'il faisait, et de n'être son ami que par intérêt.* Il me reprochait d'exploiter son amitié dans *des buts personnels, insérés dans le petit jeu parisien.* J'en fus surpris et bouleversé. Je trouvai la lettre insultante, scandaleuse et injuste. Je la reçus comme un coup de poignard dans le ventre. J'en fus malade. Le choc fut si fort, si violent que je mis plusieurs semaines pour m'en remettre.

Cette première blessure d'amitié est restée dans ma mémoire comme une plaie, une brisure incompréhensible que je n'ai jamais acceptée. J'ai mis du temps pour admettre que je connaissais mal cet homme. Je m'étais trompé et cela avait duré des années. L'erreur était le résultat de ma naïveté. Je le croyais mon ami puisque j'agissais envers lui avec dévouement et sincérité. La réciprocité n'est pas toujours inscrite dans ce genre de relation. Nous n'avions pas la même vision des choses. Et comment l'aurais-je su puisque nous n'avions jamais parlé de ce que devait être l'amitié ? Je trouvais normal de sacrifier mon temps quand il avait besoin de moi. Je ne calculais pas. Je répondais présent quelle que fût la situation. C'est ce que j'appelle la fidélité. Je n'avais aucune arrière-pensée. Mon tort fut de me dispenser de me poser des questions.

Dix-sept ans après avoir reçu cette lettre, je ne comprends toujours pas ce qui a motivé cette agression. Il m'arrive d'avancer des explications plus ou moins plausibles : la jalousie, la rivalité, la rancœur, la mesquinerie (les détails matériels ont aussi leur importance), l'envie, l'intérêt... Tout cela n'a pas grand-chose à voir avec l'amitié, mais il suffit qu'un de ces sentiments se manifeste pour qu'elle s'estompe et disparaisse.

Cet homme complexe reste insaisissable. Nous n'avons jamais eu d'explication sur cette rupture. À présent que j'ai écrit ces lignes, je ne souhaite pas en avoir. Je fais confiance à l'exorcisme de l'écriture. Je me souviens de lui avoir écrit une lettre – je la trouve aujourd'hui naïve et stupide – où je lui réaffirmais l'expression de ma fraternité. À l'injure je répondais par la gentillesse ! Cela n'a fait que renforcer en moi le sentiment d'avoir été floué et humilié par un homme en qui j'avais confiance. C'est cela la trahison.

De tels amis m'ont bien trahi,
Que, tant que Dieu m'a assailli
De tous côtés,

N'en vis un seul en ma maison.
Le vent, je crois, les m'a ôtés :
L'amour est morte.

Rutebeuf

Les blessures d'amitié sont inconsolables.

La trahison qui s'exprime par le rejet ou le mensonge, par l'inversion des choses et l'abus de confiance, cette trahison-là provoque un mal profond, un mal qui travaille lentement le corps et l'esprit. J'ai fait des rêves étranges ; des cauchemars ; j'ai cherché dans mon sommeil à extirper ce mal, à le rejeter et même à le retourner à l'envoyeur. Mais ce dernier était hors de portée. Il se comportait en ami abusé, volé, pillé, plagié.

Le temps a passé. Nous ne nous voyons plus. S'il nous arrive de nous croiser, nous nous disons, dans la gêne, des banalités. J'ai appris un jour, par une amie commune, le sens qu'il donnait à cette rupture : à chaque étape ses amitiés ; en évoluant on en change ; les amis de l'adolescence ne sont pas ceux de l'âge adulte...

Comme l'écrit Cicéron,

> On ne peut pleinement juger des amitiés que lorsque, avec l'âge, les caractères se sont forgés et affirmés.

C'est vrai. L'amitié bouge avec le temps. Ses cercles évoluent. Ceux qui, à nos vingt ans, étaient dans le premier cercle, se retrouvent, une ou deux décennies plus tard, éloignés voire oubliés. Et cette transformation s'opère souvent sans trahison ni drame.

Tétouan est une ville fermée. Quand j'y fus nommé professeur de philosophie, au lycée Charif Idrissi, j'acceptai le poste parce que cette ville est à une heure de Tanger.

Tétouan se trouve dans une cuvette entourée de montagnes. Quand le vent y entre, il reste à tourner en rond parce qu'il ne trouve pas de sortie. Quand un nuage surplombe la ville, il devient noir et lourd ; il ne se déplace plus ; on dirait qu'il est collé sur un pan du ciel et que la seule solution pour qu'il bouge serait de le vider. La pluie, à Tétouan, prend vite l'allure d'une malédiction. Elle s'acharne sur la ville. Mais il suffit de sortir du centre pour retrouver le ciel bleu et le soleil.

Ville prisonnière du vent, de la pluie, du froid et de la mélancolie. Ville abandonnée, l'été, au soleil et aux gens de passage. Ville qui n'aime ouvrir ni ses portes, ni ses fenêtres. Propice à la névrose, à la nostalgie maladive.

J'y arrivai en octobre 1968. Je venais d'être libéré du camp disciplinaire et j'avais envie de combler vite et bien les frustrations accumulées en dix-huit mois d'enfermement. Or Tétouan ne m'offrait rien de réjouissant. Heureusement que, très vite, je rencontrai Hassan. Il était surveillant au lycée. C'est lui qui allait m'introduire auprès d'une ou deux familles tétouanaises et m'aider à trouver un logement. Dans cette ville, un célibataire est systématiquement pris pour un voyou. Personne ne consent à lui louer un appartement. Sans l'intervention du proviseur et de deux professeurs du lycée, je n'aurais jamais trouvé où me loger. Je me souviens d'une jeune coopérante française qui s'était installée à l'hôtel. Des parents d'élèves avaient menacé de retirer leurs enfants du lycée. C'était un hôtel de passe : le seul à l'avoir acceptée. Mais elle ne se doutait de rien.

Hassan est grand de taille, très blanc de peau, chauve. Il parle à voix basse par timidité et aussi par humour. Rebelle, il ne pouvait qu'être mal considéré par cette société traditionnelle où beaucoup de choses se faisaient en cachette. Des rumeurs persistantes circulent depuis toujours sur cette ville : les hommes y seraient avares et les femmes s'aimeraient entre elles. Médisances ? Peut-être. Disons plus sérieusement que les hommes y sont économes et leurs femmes mystérieuses. Le fait est qu'en deux années scolaires je n'ai rencontré aucune femme tétouanaise, et n'ai été invité que dans une seule famille, celle d'un collègue professeur d'arabe : Si Mohamed, homme fin et sympathique. Il était le seul à avoir de l'amitié pour Hassan le marginal. Cet homme cultivé, ne parlant que l'arabe et un peu d'espagnol, nous cachait sa femme. Hassan m'apprit que lui non plus n'avait jamais pu voir le visage de cette femme. Elle sortait rarement et n'apparaissait que voilée. Une fois par an, son mari l'emmenait passer des vacances en Espagne. Dès qu'elle montait dans le bateau, elle devenait une autre femme, sans voile ni djellaba. Les étrangers pouvaient admirer sa beauté – pas les amis ni les proches. Belle ou non, elle ne devait pas découvrir son visage à Tétouan. Cela ne me choquait pas. La ville était petite. Les gens oisifs et médisants. Je comprenais le comportement de Si Mohamed qui n'avait aucune envie de bouleverser les vieilles certitudes de gens qui, comme il disait, avaient un dossier sur chaque habitant.

Justement, le dossier de Hassan était mauvais : célibataire, buveur de bière et de vin, dragueur de femmes étrangères, ami de quelques prostituées, dépensier, généreux, et irrespectueux des bonnes manières de la ville. Il était vraiment tout cela et il faut encore ajouter que Hassan était lucide, curieux des autres et disposé à « une vie meilleure ». Cet homme d'une grande fidélité m'aidait à supporter la grisaille de la ville et l'étroitesse d'esprit de ses habitants. Nous avions une complicité quasi naturelle. Il a été l'ami d'une époque. Nous nous revoyons, de temps en temps, et nous évoquons avec bonhomie ces années tétouanaises faites de tristesse et de rares moments de joie.

À cette époque j'allais souvent à Rabat. La revue *Souffles* avait le vent en poupe. Au Maghreb, elle représentait l'avant-garde littéraire. Ce fut Abdellatif Laâbi, son directeur, qui me donna ma première joie d'écrivain. Voir pour la première fois son texte publié, son nom imprimé et apprendre que des lecteurs s'intéressent à votre travail a de quoi tourner la tête. Je suis redevable à Laâbi de cette joie, toute narcissique et naïve. Laâbi m'encouragea à continuer. Si, par la suite, j'ai publié aux éditions Atlantes, à Casablanca, mon premier ouvrage, c'est grâce à cette attention amicale.

Étions-nous des amis ? Nous n'avons pas eu le temps de cultiver cette relation. Très vite, l'idéologie s'est mêlée à la poésie. Nos réunions de poètes sont devenues des réunions de cellule. La politique avait envahi l'écriture. C'était probablement nécessaire mais ce n'était pas le lieu. Avec Nissaboury, un poète important, je me retirai du groupe. Cette rupture prit un sens dramatique lorsque, deux ans plus tard, Laâbi fut arrêté et condamné à dix ans de prison pour atteinte à la sûreté de l'État. En fait, c'était pour délit d'opinion qu'on l'incarcérait.

Nissaboury perdait ses dents l'une après l'autre avec le sourire tout en continuant à tourner en dérision les choses les plus graves. Son rire, son imagination, sa passion pour les femmes le mettaient à l'abri de certaines dérives. Son angoisse était visible mais il savait en rire. Quant à sa poésie, elle a toujours eu une grande force, une puissance enracinée dans une culture traditionnelle, orale et écrite. La poésie ne peut se permettre l'humour. Nissaboury le sait. Il se plie à cette règle et continue d'écrire sans publier. Les éditions Atlantes ont édité sa première plaquette *Plus haute mémoire*, et les éditions Shouf *La Mille et Deuxième Nuit*. Deux textes superbes qui enrichissent la langue française.

C'est aujourd'hui un ami un peu lointain. Un homme fraternel et bon. Il a remplacé ses dents tombées. Il éclate de rire chaque fois que nous nous voyons.

L'année scolaire 1970-1971 fut pour moi désastreuse. Le lycée Mohamed V de Casablanca, où j'étais muté, était le centre d'une grande agitation contestataire. Des grèves d'élèves se succédaient, et la police poursuivait les grévistes jusque dans la cour du lycée. Je pensais, en venant dans cette grande ville, y vivre mieux qu'à Tétouan et me faire des amis. Je fus en fait happé par ma famille. Je soupçonnai bien vite un projet de mariage qu'on tramait en cachette avec une de mes cousines ou parentes. Cette année m'apporta une amertume, une déception qui me prédisposèrent à l'écriture – mon refuge, mon espace de confidence. Les mots prirent la place de l'ami espéré. Cette société petite-bourgeoise provoquait en moi des réactions violentes qui étonnaient tout le monde. Je pratiquais la dérision et m'éloignais petit à petit de ma famille. Je connus la solitude, l'ennui et la lassitude. Plus que jamais, les mots venaient à moi. C'est avec eux que je vivais en parfaite harmonie. Ils me tenaient compagnie, occupaient mon imagination. Ils me jouaient des tours, aussi, tout en me procurant de la joie. Ainsi sont nés mes premiers textes en prose. Les premières pages de *Harrouda* furent écrites dans l'atelier du peintre Chebaa, qui s'était établi architecte-décorateur. Il faisait partie de l'équipe de *Souffles*. Homme intègre et angoissé, peintre doué, il était préoccupé par la place et le rôle de l'artiste dans la société. Il n'avait pas de temps à consacrer à l'amitié. C'était plutôt un bon camarade, assez réservé. Lui aussi sera arrêté et fera de la prison à cause de ses idées.

Dans son atelier, je retrouvais de temps en temps Nissaboury et Mansouri, un autre poète. On y rencontrait aussi Melehi, qui fut lié à l'aventure de *Souffles* mais que Laâbi « excommunia », ainsi que Toni, sa femme italienne, historienne d'art et poète. En vivant ces moments de camaraderie et de conflits, je pensais à André Breton et à ses aventures avec les membres de la tribu surréaliste. Il y avait quelque chose de comparable dans la conception que certains membres de la revue se faisaient de l'appartenance au groupe.

C'est peut-être par réaction au milieu marocain – traditionnel ou soi-disant moderne – que j'aime développer des relations d'amitié avec des femmes. C'est pour moi un défi essentiel. Respecter une femme, c'est pouvoir envisager l'amitié avec elle ; ce qui n'exclut pas le jeu de la séduction, et même, dans certains cas, le désir et l'amour.

Je découvris très vite qu'Odette vouait à l'amitié le même culte que moi. Elle privilégiait la relation amicale avec les hommes. Sa vie amoureuse n'était pas étalée au grand jour. On devinait vaguement une relation compliquée avec un homme qu'on ne voyait jamais. Elle aimait s'entourer de mystère. On respectait ce choix. Bien sûr, lors de notre rencontre, j'ai tenté de la séduire. Je fus éconduit avec humour et fermeté. Je revins plusieurs fois à la charge mais, à chaque fois, je fus renvoyé à mes cahiers. Ce qui caractérise le mieux Odette, c'est la disponibilité, la présence. Elle est là, fidèle, tout naturellement. Odette a une exceptionnelle disposition au don : elle sait écouter, ne pas se montrer avare de son temps, se vouer aux autres, être présente et vigilante n'importe où, n'importe quand. Sa générosité fait partie de sa façon d'être au monde. Elle donne sans rien attendre en retour. C'est pour cela qu'elle est aimée de tous. Et son amitié n'est pas exclusive : elle sait se partager entre les uns et les autres. Le clan d'Odette est riche et divers. Je ne sais pas si les membres de ce clan sont tous capables d'autant de générosité. Ne nourrissant pas beaucoup d'illusions sur le monde et le genre humain, elle avance avec une pointe d'humour et de désespoir. Il lui arrive d'être submergée par la mélancolie ou une profonde tristesse. Alors elle se terre, s'absente, et ne réapparaît qu'une fois le tunnel traversé. Notre amitié a été longue à mûrir. En vingt-cinq ans, rien de malheureux ne l'a pu mettre en péril. Au contraire, avec le temps, nous nous connaissons mieux et nous aimons parler de tout, sérieusement ou légèrement, nous adorons les calembours, les histoires drôles, fumer des cigares et boire de bons vins.

À Casablanca, même quand elle s'absente, sa maison reste ouverte. Je ne sais si elle aime tous ceux et celles qui profitent de sa générosité. La question ne se pose pas pour elle. Il lui arrive même de rendre service à des personnes qu'elle connaît à peine. On a beau chercher une once d'égoïsme ou d'égocentrisme dans son comportement, on ne la trouve pas. C'est cela qui est remarquable. Elle ne se force pas à être comme elle est.

Dans ma vie, chaque fois que j'ai eu besoin de sa présence, de son écoute ou de son avis, elle était disponible ou elle s'est rendue disponible.

Parfois nous nous sentons gênés car nous ne savons comment lui montrer à quel point nous l'aimons. Nous aimerions lui faire comprendre qu'elle peut compter sur nous.

Cette relation précieuse n'est pas sans étonner mon entourage. Comme je ne peux pas dire, à chaque fois, qu'Odette est pour moi comme une sœur, je dis : « C'est une amie et je tiens beaucoup à elle. »

En 1974, j'ai connu Leïla, belle Palestinienne venue faire ses études à Paris et je suis tombé amoureux de sa meilleure amie. J'ai été comblé pendant quelque temps : deux belles femmes. Avec Leïla s'est développée une amitié de qualité ; avec Dima ce fut une histoire de désir et d'amour qui allait durer cinq ans, jusqu'à devenir une amitié amoureuse. Avec Leïla, même si les exigences de la politique faisaient que nous ne nous voyions pas beaucoup, la relation fut toujours belle, sans ambiguïté, et surtout d'une grande sincérité, d'une grande rigueur. Comme dans le cas d'Odette, je suis fier de cette amitié.

Leïla, c'est un tourbillon de générosité, d'intelligence et d'imagination. Elle a la passion de la vie, la curiosité de tout connaître, les lieux comme les gens. Elle enrichit les relations amicales parce que sa générosité est contagieuse. En vingt ans, nous n'avons fait aucun mauvais pas, ni vécu aucun incident. Son amour de la vie et des peuples la rend optimiste. Elle aime rire, construire, rêver, et aussi analyser le réel. Comme toute personne sensible, il lui arrive de se décourager, d'être prise de lassitude. Alors elle se terre, elle s'absente, le temps que passe le mauvais moment. Elle tient à ne présenter aux autres que le visage du bonheur, c'est-à-dire cet optimisme qui nourrit ses luttes et ses combats.

Leïla a des yeux pleins de lumière. Son rire est un don de la bonté. Son amitié est d'une grande beauté.

Ma passion pour l'amitié ne se contente pas de cultiver égoïstement ces relations. Ce que j'aime, avant tout, c'est de faire naître l'amitié entre mes différents amis. Ce n'est pas toujours possible, mais j'y arrive tant bien que mal.

Un jour, nous étions une dizaine d'amis réunis chez l'un de nous, François eut ce mot, à mon propos : « Voici notre grand-père... Sans lui, nous ne serions pas là ! » Bien sûr cette manie que j'ai d'établir les contacts procède de mon optimisme prudent : j'aime partager, j'aime communiquer. Quoi de plus beau qu'une réunion d'amis véritables autour d'une bonne table ? C'est le miel de la vie. Mon bonheur est de voir heureux ceux que j'aime.

En amitié, il ne faut pas que se lève le spectre de la guerre, ni celui de la rivalité, ni celui de la trahison. Quand une amitié est bafouée, rien ne peut la reconstituer. Tandis que les blessures d'amour – du désir, de la sexualité – peuvent se cicatriser, celles de l'amitié sont éternelles, définitives.

Avant de rencontrer Leïla j'avais connu Edmond et Marie-Cécile.

Juif marocain, Edmond fut un des membres les plus importants du parti communiste marocain. Pendant longtemps, il avait milité dans la clandestinité et, en mars 1965, lors du soulèvement des lycéens et des étudiants, à Rabat et Casablanca, il avait été arrêté quelques jours. C'est alors qu'il avait décidé de s'exiler en France. (Il a raconté cet itinéraire dans un très beau texte, *Parcours immobile,* paru chez Maspero en 1980.)

Edmond est un patriarche de l'amitié. Il lui voue un culte qui n'exclut ni la possessivité, ni la célébration. Ses amis sont son patrimoine ; son amitié pour eux est un don entier. Tout se passe autour de la table. Le partage des repas est essentiel ; d'autant qu'Edmond est très bon cuisinier. Manger de bons plats, boire de bons vins sous le règne de l'humour et du rire, c'est ainsi qu'Edmond cuisine son amitié. Elle est relevée d'épices recherchées et rares, arrosée de vins millésimés et présentée simplement : l'affection est à fleur de peau. Il n'est besoin que de se voir, se parler, se raconter le plus souvent possible. Edmond n'aime pas l'absence, ni le manque. Si le rythme des visites se ralentit, il devient chagrin, et il le montre.

C'est une amitié très marocaine, c'est-à-dire gourmande et possessive. « Si tu ne finis pas le plat que j'ai préparé pour toi, c'est que tu m'aimes moins. Si tu n'as pas faim, c'est que tu ne m'aimes plus. » C'est un peu schématique, mais les relations d'Edmond et de ses amis passent ainsi par le rituel de la table. Et ce n'est pas pour me déplaire, au contraire. Très tôt j'ai compris qu'il ne fallait pas que cette relation de qualité s'étendît à la famille. Avec son frère Hervé, dès le début, les choses ont été bien claires. Même si, avec le temps, j'ai trouvé en Hervé un confident et un conseiller attentif. Curieusement, d'ailleurs, je me livrais plus à Hervé – qui est devenu mon ami « par alliance » – qu'à Edmond. Était-ce par pudeur ou par peur que l'écoute, chez lui, fût suivie d'un long silence ?

Edmond est très sensible à la beauté des femmes. Il les aime toutes. Il a envie de les avoir à sa table et de les faire rire. Toutes mes amies sont devenues les siennes. Toutes aiment en lui le patriarche, l'homme amoureux, l'ami disponible.

Avec le temps, notre amitié a évolué. Elle n'a perdu ni son intensité, ni sa qualité, mais elle est devenue plus calme. Il faut dire qu'au début de notre rencontre j'étais plus disponible que je ne le suis vingt ans après. Mais je pense souvent à lui.

À partir du moment où il s'est mis à écrire, notre relation s'est diversifiée. Elle a pris de l'épaisseur. J'avais beaucoup aimé ses premiers livres. Je les lisais sur manuscrit, très sérieusement, crayon à la main, exactement comme je souhaite que mes amis me lisent, c'est-à-dire sans complaisance. Je lui faisais part de mes remarques ; il m'écoutait, en appréciait certaines et pas d'autres. L'important était qu'à travers l'écriture notre lien s'enrichisse.

Je considère qu'un ami est celui qui ne ment pas, ne fait pas semblant et parle avec toute la sincérité, la franchise que l'amitié véritable requiert. C'est ce que j'appelle l'exigence amicale : dire ce qu'on pense sans, bien sûr, être blessant.

Témoin précieux et rare d'une époque et de situations révolues, Edmond a toujours mis en avant sa marocanité et ses racines de juif arabe. Il est l'exemple même de cette symbiose culturelle entre deux sociétés, deux mondes qui vivent sous un même toit et se nourrissent des mêmes traditions. Il aime son pays, le Maroc, avec une passion qui ne laisse pas plus de place à la critique qu'à une certaine lucidité. C'est un amour fort et émouvant. Edmond a besoin de cette relation ; elle le ressource ; elle consolide sa mémoire.

À Edmond, j'ai présenté mes amis. Manie persistante, en moi, qui consiste à partager la chaleur de l'amitié. Tous ont été sous le charme et sont devenus proches de lui. Tous sauf un : Jean Genet. J'étais pourtant content de présenter Edmond à Genet. Je savais que la rencontre pouvait capoter. Je connaissais le côté imprévisible et injuste de Genet. Il avait été très heureux que je lui présente Leïla – et on aurait tort de ramener la joie de Genet au seul fait que Leïla était palestinienne ; Leïla est une intelligence exceptionnelle, une personne de qualité.

Avec Edmond, tout s'est mal passé.

Première maladresse : Edmond avait préparé un déjeuner somptueux. Genet, les quinze dernières années de sa vie, ne voulait pas faire soigner ses dents. Il avait renoncé à toute nourriture solide. Il se contentait de purée, d'un verre de lait ou, plus rarement, de hachis Parmentier. Genet ne fit donc pas honneur aux plats d'Edmond, ni à son très bon vin – il préférait la bière.

Deuxième maladresse : Edmond montra à Genet un article qu'il avait écrit sur le Maroc, dans *Les Temps modernes*, où il soulignait, entre autres, l'importance de la cuisine marocaine.

Genet me dira plus tard qu'Edmond confondait tout. Quand j'insistai sur le soutien qu'Edmond apportait à la cause palestinienne, espérant par là amadouer Genet l'intraitable – mendiant, en fait, son indulgence –, il me répondit sur un ton aussi injuste que définitif : « Ce n'est pas un traître ! Pour un juif, s'il est avec les Palestiniens, il ne suffit pas qu'il le dise, encore faut-il qu'il trahisse son clan ! » Il me tiendra un autre jour le même discours sur Abraham Serfaty, alors en prison.

Jean Genet n'avait aucun sens de l'amitié. Il croyait plus en la trahison qu'en la fidélité. Je compris, un peu tardivement, que l'amitié n'avait pour lui que peu d'importance. Il croyait en l'amour. Il disait de l'amitié que c'est comme la fraternité : quelque chose de commun dont on se passe aisément. Et pourtant, de quelle nature fut le sentiment qui le poussa vers des personnes aussi diverses que Jean Cocteau, Sartre, Maria Casarès, Nico Papatakis, Monique Lange, Juan Goytisolo, Leïla Shahid et moi ?

Avait-il de l'amitié pour moi ? Je ne sais pas très bien pourquoi il m'appelait, pourquoi nous passions des journées entières à discuter. Il y avait sans doute la question palestinienne, puis le combat contre le racisme, deux luttes dont je m'occupais à l'époque. Quand il disparaissait plusieurs mois, je ne cherchais jamais à le retrouver. J'attendais sa réapparition. Une fois, j'avais déménagé pendant ses mois d'absence. Je lui envoyai ma nouvelle adresse à l'attention de Laurent Boyer, chez Gallimard et j'attendis qu'il se manifeste. Il donnait l'impression de n'avoir besoin de personne. Homme libre, homme disponible, sans bagage, sans domicile fixe, sans adresse fiscale, il voyageait mains dans les poches, avec des billets cachés dans la doublure de son vieux veston en daim.

Cette liberté me séduisait beaucoup. Je rêvais également de voyager aussi léger que lui. Je n'ai jamais réussi à me détacher de tout ce qui encombre ma vie.

Une seule fois, j'ai senti qu'il avait besoin de moi. (Je ne parle pas des moments où je devais aider son ami Mohamed à faire telle ou telle démarche administrative ; je ne parle pas non plus de cette fois où Genet m'a demandé de faire venir de Rabat un ministre ou je ne sais plus quel chef politique jusqu'à Larrache pour intimider les voisins de Mohamed qui, jaloux de sa chance, jetaient des ordures sur sa terrasse.) J'évoque l'affaire de l'article « Violence et brutalité », préface d'un livre sur la bande à Baader, publiée à la une du journal *Le Monde*. L'article, qui, sans approuver pleinement l'activisme de Baader, expliquait l'origine et le sens de cette violence, avait provoqué le dernier grand scandale de la vie de Genet (et aucun écrivain, depuis, n'a réussi à bouleverser aussi fortement le monde politico-médiatique). On l'attaqua de partout. Le voyant tous les jours abattu, seul face à toute la presse européenne, je rédigeai un petit texte qui prenait sa défense : « Pour Jean Genet ». Avant de le proposer au *Monde*, je le lui montrai, pensant qu'il allait m'empêcher de le publier. Après l'avoir lu, il me dit d'une voix douce, comme pour demander une faveur : « Essaie de le publier. Tous ces professeurs, ces historiens, tous ces journalistes qui m'attaquent ont derrière eux des institutions qui les protègent. Moi, je n'ai personne derrière moi. »

Avais-je de l'amitié pour lui ou simplement de l'admiration et de la reconnaissance ? Étais-je pour lui un ami ? Peut-être. Par moments. D'ailleurs, un signe me pousse à croire qu'il y avait de l'amitié entre nous. Un jour, très tôt le matin (il se couchait vers dix-huit heures avec deux Numbutal et se réveillait vers cinq heures), il m'appela pour me demander de venir le voir. Il avait la voix plus enrouée que d'habitude. Quand je fus assis sur le fauteuil rouge – lui à demi couché sur son lit où un mégot avait fait un trou – il me dit : « Peux-tu garder un secret ? » J'étais flatté et j'acquiesçai de la tête. Il poursuivit : « Je vais te dire quelque chose et je ne veux pas que ça se sache : j'ai un cancer. Il n'y a que quatre personnes au courant : Claude (Gallimard), Jacky, Mohamed et toi. Je ne veux pas que la presse m'emmerde. Si on te demande des nouvelles de ma santé, tu diras qu'elle est bonne. Et d'ailleurs, je ne suis pas malade. La preuve ? Je fume des gitanes ! »

C'était un homme exigeant. Et Abdallah (« Le Funambule ») paya de sa vie cet excès d'exigence. Pendant un temps, il donnait l'impression d'être votre ami. Mais en fait, rien n'était acquis.

Les témoignages de Nicos Papatakis, de Monique Lange et de Juan Goytisolo confirment l'idée que Genet voulait ignorer la force de l'amitié. Je pense que j'ai eu cette chance : qu'il ne m'écarte pas de ses fréquentations. Vers la fin de sa vie, il ne voyait que Leïla. Ce fut sans doute une belle amitié, la Palestine en toile de fond, ou mieux : comme lieu et lien de cette relation. Enfin, les rares fois où nous avons abordé les problèmes de l'écriture, il m'a donné un seul conseil : en écrivant pense au lecteur ; sois simple. Il m'a appris que la simplicité était le signe de la maturité.

L'exigence et la rigueur : c'est ce qui caractérise l'amitié chez François. Avec lui, j'ai appris à être attentif. Là est l'essentiel. Généralement, on a tendance à se laisser aller entre amis. On ne fait pas d'effort. Pour François, l'amitié est une valeur trop rare, trop précieuse pour qu'on la brade ou la maltraite avec des comportements cavaliers, ou simplement négligents.

Notre relation s'est nourrie d'abord d'échanges littéraires. Nous nous lisions mutuellement, et, surtout, nous discutions beaucoup de l'écriture, de nos désillusions, de la poésie et aussi de son travail quotidien qui, pour ce poète aimant le football, le vin, les promenades et l'écriture, était une véritable souffrance.

Il fut une des premières personnes que je connus en arrivant à Paris, en 1971. Notre amitié mit du temps à s'installer. Il me fit connaître sa famille. Danielle, sa femme, qui devint, elle aussi, mon amie mais sur un plan différent. Elle est ma confidente et ma conseillère. J'aime sa vivacité, son dynamisme, la pertinence de ses intuitions. Avec elle, j'aime parler de tout ; faire le point, comme on dit, passer en revue l'état des liens de ceux qui nous sont proches, commenter l'actualité dans ce qu'elle a de grotesque ou de simplement banal. C'est une *passionaria* de l'amitié. Elle est prête à tout pour défendre ceux qu'elle aime. On se sent protégé quand on a la chance de faire partie de sa « tribu ».

J'aime beaucoup les voir ensemble mais j'apprécie aussi de les voir chacun à part. Paule, la meilleure amie de Danielle, est elle aussi devenue mon amie. Une belle femme, intelligente qui a échappé de peu à deux épreuves tragiques. C'est peut-être à cause de cela qu'elle appelle André, son compagnon, Trésor. En tout cas, elle est un trésor d'écoute et de présence. J'aime, avec elle, parler de choses graves et aussi de futilités. Chacune de nos rencontres est une joie intérieure, sereine et paisible. J'aime sa voix et j'aime sa fantaisie.

Je me souviens l'avoir vue blessée un jour que François avait décidé de lui retirer son amitié à cause d'un malentendu où les mots avaient été assassins. Il a bien fallu deux ou trois ans pour que la réconciliation eût lieu. François est strict. C'est un homme à principes qui donne tout leur poids aux valeurs qu'il défend. La fidélité et la confiance sont de ces valeurs. Si par malheur – et même s'il s'agit d'un malentendu – il pense qu'elles ont été trahies, il rompt.

Jamais un nuage n'est venu rôder autour de notre amitié. Sauf, une fois, peut-être, à cause d'un malentendu, une histoire d'article non paru ou quelque chose de ce genre, mais ce fut sans gravité.

J'ai toujours eu du respect pour la manière de vivre de François. Il a ses habitudes. Je ne me suis jamais permis de les critiquer si ce n'est en plaisantant. Il déteste être dérangé quand il écrit ou quand il regarde un match de football. Malheur à celui qui ose téléphoner à l'heure d'un match. Il adore, cependant, l'humour et la légèreté : avec lui, on peut rire de tout.

Il m'a beaucoup aidé tout en restant discret. Fin, subtil, élégant, c'est un homme fidèle. Mais attention ! Pas de faux pas, pas de trahison, sinon c'est la rupture, brutale et définitive. Il considère que les blessures d'amitié sont intolérables. Il reçut un jour la lettre d'un ami d'enfance qui protestait parce que son roman n'avait pas été traité dans les pages du *Monde* comme il le souhaitait. (D'ailleurs je reçus moi aussi ma lettre d'insultes – c'était moi qui avais rédigé l'article en question – mais l'auteur du livre en voulait plus à François qu'à moi, même si, une dizaine d'années plus tard, il profita d'une triste polémique pour ajouter de l'huile sur le feu et crier avec les loups.) La rupture fut rapide et sans appel. Trente-cinq ans d'amitié s'envolèrent à cause d'un livre dont on n'avait pas chanté les louanges ! C'est dire l'aveuglement que peut provoquer le narcissisme littéraire.

François a toujours refusé la complaisance, la compromission, cette forme d'indulgence qui se rapproche de la lâcheté. Certains de ses amis le trouvent trop exigeant. Moi, c'est ce que j'aime le plus chez lui. Je sais qu'il sera là le jour où je l'appellerai. C'est cela l'amitié.

Durant toutes les années où il a dirigé *Le Monde des livres*, il a fallu résister souvent à toute sorte de pressions. Il l'a toujours fait avec rigueur et fermeté. Ce qui lui a fait perdre certains de ses amis – ou du moins qu'il pensait ses amis. Il avait beau leur expliquer que l'amitié, quand elle devient intéressée, cesse d'être ce qu'elle doit être et qu'il ne faut pas en faire une valeur marchande, il restait incompris. « Alors, se disait-il, tant pis. Si l'amitié ne tient qu'à un fil et que ce fil casse, c'est qu'elle n'avait pas lieu d'être. »

Jo applique la même rigueur dans son travail. Et j'ai compris combien le parisianisme pouvait agacer et contrarier François – qui passait son temps à lui résister –, le jour où j'ai vu Jo victime d'une campagne de diffamation de la part de quelque auteur aigri. J'aime la manière directe et claire de Jo. Elle est passionnée dans son travail comme dans l'amitié ; elle revendique la transparence et la franchise. J'aime ses coups de cœur comme ses coups de colère. Elle affronte le harcèlement de la médiocrité environnante avec sérénité et courage.

J'aime déjeuner en tête à tête avec François. J'aime, avec lui, faire un tour d'horizon de tout ce qui nous touche. J'aime ses analyses. Il donne rarement un conseil, mais il laisse entendre où va sa préférence. Il m'arrive de regretter qu'on ne se voie pas plus souvent. Avant, quand il travaillait au *Monde*, il suffisait d'aller lui dire bonjour et de prendre un rendez-vous. Aujourd'hui, il travaille chez lui. Il n'aime pas répondre au téléphone. On arrive quand même à se joindre. En plaisantant, je lui ai dit un jour : « Si ça continue, notre amitié va devenir platonique ! » Mais quel que soit l'intervalle entre deux déjeuners, nous nous retrouvons avec le même plaisir et la même fidélité. Je dois enfin à François d'avoir rencontré Pierre Viansson-Ponté, qui fut pour moi un maître et aussi un ami, tôt disparu.

> Sans vertu, point d'amitié possible.
>
> En toute occasion, il est important de réfléchir à ce qu'on attend d'un ami ainsi qu'à ce que l'on consent à lui donner.
>
> Cicéron

Fetah est l'anti-François. Il a une conception de l'amitié diamétralement opposée à celle de François.

Fetah est un être qui n'a pas la passion de la rigueur. Il a le sens de la famille, des racines et des traditions. Quant à la manière de traiter ses amis, elle tient plus de l'esprit de famille, des rapports du clan que du sens de l'amitié. Tout y est régi par l'affectivité, l'hyperémotivité – avec leurs effets bien souvent disproportionnés, grandiloquents ou tout simplement déplacés.

Avec Fetah, nos relations furent une succession de malentendus. En décidant de vivre avec les gens, on fait le pari d'une entente, d'un échange enrichissant. On part avec l'optimisme et la bonté à la boutonnière. L'épreuve consiste à ne pas décevoir ces bonnes dispositions. Comme dans une vie de couple, les divergences de fond n'apparaissent que tardivement. À présent nous nous connaissons assez. Notre amitié est solide puisqu'elle a résisté à quelques turbulences.

Comme l'a dit il y a longtemps le poète Abderrahman Al Majdoub :

> Ne séparent les amis que les femmes et l'argent.

J'ajouterai, quant à moi, un autre facteur de discorde : la politique. (J'ai été l'ami de Mohamed B. jusqu'au jour où il a découvert le pouvoir avec ses manigances, ses mensonges et sa vanité. La politique dénature et ruine l'amitié. Ce qu'on appelle « amitié politique » n'est bien souvent qu'une rencontre d'intérêts.)

Avec Fetah, s'il n'y a pas eu d'histoire de femme, il y a eu une histoire d'argent : une dette importante qu'il n'a pu honorer à temps et selon ses propres promesses. Et ce qui a brouillé notre relation, ce n'est pas l'argent mais la manière dont l'amitié a été utilisée, comme un écran affectif, une espèce de chantage à la fraternité blessée et incomprise.

Il peut arriver aux meilleurs amis du monde d'avoir des difficultés pour rembourser une dette. Tout dépend de la forme que prend ce problème. Fetah se disait : « C'est un ami, il devrait comprendre et ne pas réclamer cet argent. » De mon côté je pensais : « C'est un ami, il devrait faire plus attention encore et tenir compte des tracas que la situation me cause. »

Histoire compliquée. Mauvaise affaire. Déception. Incompréhension. Et ce fut presque la rupture avec un homme victime de son manque de rigueur et de ses incohérences, victime de ses erreurs. Car Fetah est sincère et confiant. Il ne pensait pas à mal. D'ailleurs je n'ai jamais douté de sa bonne foi. En revanche, j'ai critiqué sa conception de l'amitié. La relation avec Fetah, au début pleine de sollicitude et de fidélité, a sombré dans un immense regret. Nos divergences n'étaient pas superficielles. Le problème de la dette les a fait émerger, et grossir. À y bien penser, nous avions peu de choses en commun. Il était très serviable, médecin diligent quand mes parents l'appelaient, attentif et généreux. Je pouvais compter sur lui. Notre amitié était fondée sur un terrain affectif et familial où l'on pouvait tout se permettre. Mais la confusion entre l'amitié et les relations familiales est une erreur.

Heureusement la situation a été assainie et notre amitié est redevenue ce qu'elle a été ; elle s'est même renforcée au point de s'assimiler à une fraternité sans ambiguïté, une fraternité élue, c'est-à-dire non familiale.

Il m'arrive souvent de m'éloigner de ma famille pour me rapprocher de mes amis. On me le reproche souvent. Mais si je préfère l'ami au cousin, c'est parce que le premier, je l'ai choisi selon mes affinités, mon plaisir. Le membre de la famille, lui, nous est imposé. Établir avec lui une relation d'amitié n'est pas chose facile.

Roland n'a pas le sens de la famille. Il n'aime pas les enfants ni le mariage. C'est un esprit libre et brillant. Son sens de l'humour est vif ainsi que son sens de la repartie. Il aime les jeunes filles (il aime s'entourer de jeunes filles asiatiques), la piscine, le ping-pong, le jus de pamplemousse, les journaux intimes, les romans de Stefan Zweig, la misogynie d'Otto Weininger – qui s'est suicidé, à vingt-trois ans, dans la maison de Beethoven, d'une balle dans le cœur –, la grâce de Louise Brooks, le cinéma américain des années 50, les promenades au Luxembourg, les séjours dans les palaces, les échecs et la tarte aux mirabelles. Il déteste les avocats – j'entends : le légume –, le camping, les femmes enceintes, Lacan et ses émules, les illusions et les slogans. Il déteste dîner tard ou faire des visites. Il ménage son hypocondrie avec patience et courage. Il a décidé de ne pas « arriver à la vieillesse » et a programmé en douceur son suicide. Il a dénoncé l'esprit rétrograde des médecins européens qui refusent d'aider à mourir ceux qui souffrent atrocement. Il ne se fait aucune illusion sur le genre humain. Il a de l'amitié pour Cioran et pour François. Lui aussi a été trahi par un ami, et il en a souffert.

Roland tient dans ma vie une place à part. De mes amis, ce n'est pas celui que je vois le plus. Nous nous téléphonons souvent. Nous aimons nous voir, une ou deux fois par mois.

On aime se conseiller des livres ou des films. On adore rire de ceux qui se prennent au sérieux. Il est pour moi bon analyste et bon conseiller. Il lui manque sans doute l'expérience de la vie de famille, avec femme et enfants, ce qui transparaît parfois dans sa façon d'être.

Roland est suisse. Et il est considéré par certains comme un traître à son pays d'origine. Il a écrit, à propos de son pays, *L'Exil intérieur*. C'est lui qui a lancé le livre de Zorn, *Mars*.

Cet esprit libre est résolument jeune. Il est moqueur et fidèle. C'est ce que j'aime le plus chez lui.

Chez Egi, la fidélité est à toute épreuve. L'amitié n'est pas dite, elle est vécue. Elle est présence. Il se méfie des mots. Il préfère les champignons, le vin et les liqueurs. Architecte, peintre, écrivain, traducteur, c'est aussi un homme de terrain. Sa maison est toujours ouverte. Il n'a pas de bureau et toutes les tables de la maison lui servent pour écrire, lire ou dessiner. Des journaux, des lettres non ouvertes, des prospectus en tout genre, des blocs de papier, des manuscrits, des livres ouverts, des stylos, des agendas, des crayons de couleur, des tubes de peinture, des mouchoirs neufs, l'annuaire de Turin, un paquet de cartes de visite, des étuis à lunettes, des lacets de chaussures, une brosse à dents, des billets de train, des tickets de métro, des souches de billets d'avion, une assiette, un verre, un paquet de pâtes, une boîte de concentré de tomate et un peu de poussière..., voilà ce qu'on trouve sur les tables d'Egi, que ce soit au salon ou dans la salle à manger. Cela lui ressemble tout à fait. Ce désordre l'arrange. Sa vie est mangée par ce désordre. Il le sait. Il n'y peut rien. Le téléphone n'arrête pas de sonner. Le répondeur enregistre. Egi écoute, puis il décroche, une cuiller de bois à la main – il est en train de faire la cuisine. Tout le monde l'aime. Les femmes sont sous le charme. Il les aime d'amour et d'amitié. Ses enfants sont ses amis. Son fils le traite comme si lui, Otto, était le père. Egi est un fleuve d'amitié. Il a des rapports surréalistes avec l'argent. Incapable de s'organiser, il lui arrive de ne pas savoir se faire payer, ni recouvrer des dettes. Homme de culture plurielle, il connaît énormément d'œuvres littéraires, musicales, picturales, architecturales. Il a des connaissances particulières en botanique – il sait presque tous les noms des plantes, légumes, fruits, fleurs. Il peut parler pendant des heures de toutes les variétés de poissons. Ce qui en fait un excellent cuisinier. Alors, l'amitié s'exprime de sa façon à lui : une générosité exceptionnelle. Il m'arrive parfois d'avoir honte : je donne tellement peu par rapport à tout ce qu'il m'apporte. C'est lui qui non seulement a introduit et traduit mes livres en Italie, mais m'a ouvert aussi les portes essentielles de ce pays. Il m'a fait découvrir plusieurs régions, il m'a présenté à ses amis et à ses femmes, et même à ses adversaires.

Quand il vient à Paris, ou à Tanger, il apporte avec lui tout ce qu'il faut pour préparer à manger. La table est pour lui une fête.

Son amitié n'a pas le désordre de sa maison. Elle est primordiale dans sa vie. Cet homme, qui dort peu et travaille beaucoup – dans des domaines très variés –, est un être magnifique. Un peu timide, pouvant paraître dispersé – il l'est, de fait, mais il arrive à concilier des choses très différentes –, Egi ne connaît pas la rancune, ni l'esprit de vengeance. Il donne sans compter. Il partage ce qu'il a, gardant pour lui ses souffrances, son angoisse, et aussi ses chagrins. Même malade, il ne se plaint pas. Il est à l'écoute de tous – sauf de ceux qui lui demandent de boire moins ou de manger légèrement. Il n'aime pas qu'on fasse la vaisselle chez lui. C'est une corvée dont il s'acquitte en l'absence des invités. Toujours prêt à aider les autres, il ne demande jamais qu'on l'aide. C'est le contraire d'un égoïste, l'ennemi de la mesquinerie, l'ami du rire.

Nous nous sommes rencontrés autour de la traduction. C'était l'année de mon prix Goncourt. Il m'avait invité chez lui. Il avait préparé une dizaine de plats et ouvert en mon honneur une douzaine de très bonnes bouteilles. Des amis journalistes étaient là. Et moi, impressionné par cet accueil, j'en ai eu l'appétit coupé. J'ai même eu un peu de nausée, ce qui m'a empêché de goûter à tous les plats. Je crois que je l'ai vexé. Il ne m'en a jamais rien dit mais en pensant à cette première soirée, chez lui, j'ai honte.

Aujourd'hui, nous nous connaissons très bien. L'occasion d'approfondir notre amitié nous a été donnée par le voyage que nous avons fait à Naples et en Sicile, pour enquêter sur la camora et la mafia. Nous avons travaillé ensemble durant plusieurs mois. Depuis, on peut dire que notre amitié a des bases solides. Lui me connaît mieux que je ne le connais. Il est secret. Il ne parle que très rarement de lui. Parfois, il faut insister, poser plusieurs questions pour obtenir quelques éléments sur sa vie. C'est un homme discret, entièrement tourné vers les autres.

Aujourd'hui nous ne nous voyons plus. Une malheureuse histoire de piraterie littéraire où j'ai perçu l'ombre de la trahison nous a séparés.

Lotfi, le copain de l'adolescence, celui qui me fit découvrir le jazz, le marxisme et le sens de l'humour, suivra un itinéraire très différent du mien. Il changera plusieurs fois d'occupation. Il travaillera dans la banque, les transports, l'industrie, et dans le tourisme. Il est, comme il le dit lui-même, fâché avec l'argent. Il manque un peu de souplesse dans sa manière d'aborder le travail. Ce qui le sauve, c'est l'ironie, la dérision, l'humour. Nous sommes restés des années sans nous voir, non pas parce que nous l'avions décidé, mais à cause des contraintes professionnelles. Nous nous tenions vaguement au courant de ce que nous faisions. J'avais cependant la certitude qu'un jour ou l'autre nous allions nous retrouver.

Il a eu des moments très difficiles sur le plan professionnel. Je n'en ai rien su. Ce n'est que beaucoup plus tard qu'il m'en parlera. Il m'avouera alors que jamais il n'aurait importuné un ami dans le but qu'on lui vienne en aide.

Depuis qu'il s'est installé à Tanger, nous nous sommes retrouvés avec la qualité de relation qu'apportent la maturité et le temps. Homme intègre, il compte prouver qu'au Maroc on peut réussir en étant sérieux, et non corrompu.

Parlant de lui, je dis volontiers que c'est mon ami d'enfance. C'est peut-être une expression galvaudée. L'enfance ou l'adolescence ne donnent pas forcément un brevet de qualité à l'amitié. Le temps peut être important, mais il n'est pas suffisant. Ce sont les épreuves qui façonnent la relation, en bien ou en mal. L'idéal serait d'arriver à un tel degré de loyauté et de fidélité que tout commentaire devienne superflu. Je lui en ai voulu de ne pas avoir cherché à me contacter quand il se trouvait dans la détresse. En même temps, je respecte ses scrupules.

L'ami est-il celui qu'on peut déranger ? Oui, surtout s'il peut être utile.

Nous parlons de tout. Nous aimons échanger des idées. Nous tâchons d'aborder les problèmes dans une solidarité saine, sans arrière-pensée, parce que nous nous faisons confiance.

Lotfi s'est mis à écrire. Ses chroniques sur la société marocaine sont d'une intelligence et d'une originalité rares. En outre, elles sont traversées par un humour vif et incisif. Je l'encourage beaucoup à persévérer dans cette voie, à continuer à poser ce regard critique sur une société où le laisser-aller, la compromission et l'absence de rigueur sont très courants. J'ai senti qu'il était de mon devoir non seulement de l'encourager mais même de le harceler pour qu'il vienne à bout de son premier roman *Les Nuits d'AZ*.

Notre amitié trouve là un nouveau souffle.

Nous parlons beaucoup des femmes. Nous nous interrogeons sur nos comportements, sur nos faiblesses et sur notre désespoir. C'est auprès de lui que j'ai eu envie d'écrire un roman qui s'appellerait *L'Homme qui pleure*. Un roman qui raconterait notre amour pour les femmes, avec nos insuffisances, nos doutes ou nos maladresses dans nos relations avec elles. Cet homme pleure parce qu'il sait qu'il ne sera jamais à la hauteur de l'intelligence, de la malice ou de la cruauté des femmes. Au Maroc, où les hommes, en général, réfléchissent peu sur leur façon d'être avec les femmes, cela prend un sens très lourd. Les femmes écrivent, débattent, se défendent, luttent. Les hommes les regardent passer, se contentant de commentaires sur la forme de leurs seins ou la hauteur de leurs fesses.

Avec Lotfi, nous parlons évidemment du corps des femmes, mais aussi de la qualité de relation que nous souhaitons entretenir avec elles. Nous aimons également plaisanter et nous dire, comme des adolescents, nos fantasmes sexuels.

À la mort de mon père, le 14 septembre 1990, Lotfi a tenu à être présent durant les trois jours des funérailles. À mes côtés. Silencieux, ému. Il fut le seul de mes amis à observer scrupuleusement ce rite.

J'en fis de même, le 26 août 1993, à la mort de son frère, Othman, que je connaissais un peu et que j'appréciais beaucoup.

L'amitié ne rend pas le malheur plus léger, mais en se faisant présence et dévouement, elle permet d'en partager le poids, et ouvre les portes de l'apaisement.

Face à la mort, Lotfi est serein. La seule chose qu'il reproche à l'islam, c'est qu'il l'oblige à mourir musulman. Son indépendance d'esprit m'a toujours impressionné. Je me souviens, alors que nous préparions le bac, lui avoir montré une page de prière que mon père m'avait demandé de porter sur moi pour me protéger du mauvais œil et m'aider le jour de l'examen. Il en fit une boulette et l'envoya en l'air comme une balle de ping-pong. J'en fus choqué.

À aucun moment, cependant, il n'a cherché à me rallier à ses conceptions sur la religion. D'ailleurs, nous ne parlons que rarement de nos croyances. Sans doute parce que je ne sais pas moi-même si j'en ai, ni vers où elles penchent.

En général, surtout passé le temps des hésitations, on s'informe moins sur Dieu, l'enfer et le paradis. Même adolescents, je ne me souviens pas que ces questions nous aient préoccupés beaucoup.

Sur mon amitié avec Lotfi, je pourrais dire ce que Lélius répondait à Scévola à propos de son amitié avec Scipion :

> Ensemble nous avons partagé soucis politiques et tracas personnels, et ensemble nous avons vécu jours de paix et jours de guerre.
>
> Cicéron

J'ajouterai à son propos cette pensée d'Alexandre Dumas, tirée de ses *Mémoires* : « il y a des services si grands qu'on ne peut les payer que par de l'ingratitude ».

Avec Adil, j'ai partagé quelques soucis politiques.

Ce sociologue de terrain est celui qui m'informe le mieux sur l'état des banlieues, les nouvelles mentalités en milieu immigré. Homme pressé et impatient, militant et grand travailleur, je le sens comme la part de moi-même que j'ai dû délaisser. C'est pour cela que j'aime le voir, parler avec lui et aussi rire, faire la fête, car Adil a le sens de la fête. Quelque chose qu'il a hérité de son père.

> Nos goûts, nos inclinations et nos grands principes s'accordaient à merveille.
>
> De tous les siècles passés, on ne se souvient que de trois ou quatre paires d'amis. J'ose espérer que les générations futures compteront l'amitié de Scipion et Lélius parmi celles-là.
>
> Cicéron

On les appelle « les jumeaux ».

On pourrait dire d'eux, comme des fameux oiseaux, qu'ils sont des « inséparables ». Ils se considèrent comme une seule et même personne. Ils sont deux et pourtant, quand nous sommes quatre, ils disent que nous sommes trois. Adel et Bahgat sont égyptiens et signent sous un nom commun : Mahmoud Hussein.

Nous nous sommes connus au milieu des années 70, puis nous nous sommes perdus de vue. Je ne savais pas qu'un jour nous allions nous retrouver et entretenir une relation d'amitié assidue, profonde et désintéressée. C'est grâce aux débats politiques, aux colloques internationaux et à l'écriture que nous avons commencé à nous rencontrer de manière régulière.

Ensemble nous aimons évoquer les bouleversements qui secouent le monde. Nos déjeuners sont la plupart du temps placés sous le signe de la bonne humeur – Bahgat est un excellent conteur d'histoires –, de la bonne chère et, même s'il nous arrive de discuter sérieusement, nous ne perdons jamais de vue la nécessité du rire et, parfois, de la dérision.

Dans cette relation, nous sommes quatre. Sami, un brillant philosophe, élégant et attentif, a lui aussi été intrigué et séduit par l'amitié des jumeaux. Nous admirons tous cette constance et cette qualité dans leur relation. Ce n'est pas un couple, ce ne sont pas des frères,

> Le père et le fils peuvent être de complexion entièrement éloignée, et les frères aussi.
>
> Montaigne

et ce ne sont pas des amis quelconques, comme il y en a partout.

Plus je les fréquente, plus je suis étonné et en même temps ému par cette union solide, entière et sans la moindre ambiguïté. C'est, il me semble, le degré le plus élevé de l'amitié. On pense à Montaigne et La Boétie :

> Et notre liberté volontaire n'a point de production qui soit proprement sienne que celle de l'affection et amitié.

L'amitié est cette « convenance des volontés », cette liberté vécue comme elle vient, sans qu'on se force ni se contraigne.

Adel et Bahgat donnent l'image sereine de cette liberté où, peut-être, la seule inquiétude qui rôde semble liée au tour malheureux que le

Destin pourrait un jour leur jouer. On admire ce lien exceptionnel, on cherche à retrouver la couture qui les a joints, et on se perd dans le temps.

Ce qui est aussi extraordinaire, dans leur amitié, c'est que les deux hommes sont différents, ont des tempéraments et des caractères différents. On ne les confond pas, même si l'un est l'autre, et l'autre, l'un. Ils ne se réservent rien qui soit propre à chacun, si ce n'est la vie conjugale. Et les premières questions qu'on se pose, quand on les fréquente, sont : cette amitié peut-elle laisser la place à d'autres sentiments ? Ne provoque-t-elle pas des jalousies tout à fait légitimes de la part des épouses ? Comment faire pour intégrer cette relation permanente, omniprésente, au reste de la vie quotidienne ? L'amitié est-elle plus forte que l'amour – celui qui inclut le désir et la guerre ? Peut-être est-ce le meilleur refuge, la digue la plus haute et la plus solide contre les risques de destruction que génère toute relation amoureuse.

Je connais de vrais jumeaux qui ne s'entendent pas et ne s'aiment pas beaucoup. Adel et Bahgat sont de vrais faux jumeaux. L'un est musulman, d'origine modeste, l'autre est juif, d'origine bourgeoise. L'un est brun, l'autre blanc de peau. L'un est marié à une Anglaise, l'autre à une Algérienne. L'un joue au tennis, l'autre préfère lire *L'Équipe*. L'un mange des pépites égyptiennes, l'autre pas. L'un aime la bonne cuisine du Sud-Ouest, l'autre essaie de manger « léger ». L'un est séducteur, l'autre aspire à approfondir l'harmonie du couple. L'un raconte des histoires drôles, l'autre rit. L'un ne fait confiance qu'au *Herald Tribune*, l'autre est plus éclectique. Mais tous les deux sont laïcs, aiment bien s'habiller, craignent le froid, fument des cigares et célèbrent l'amitié avec les autres dans la fidélité et la joie. Ils ne nourrissent aucune nostalgie pour les années de militantisme, font volontiers leur autocritique politique, sont obsédés par le besoin de liberté et de démocratie pour les peuples du Sud. Ils sont convaincus qu'il n'y a pas de dialogue possible avec les intégristes, ennemis de la liberté.

Deux êtres différents et semblables : une dualité qui se fait unité, parlant d'une même voix, et sur deux tons.

J'ai connu avec eux, et aussi avec Sami, le plaisir d'avoir formé une bande, un petit club fermé qui donne chaud au cœur, d'une chaleur tempérée et égale, constante et simple. Comme l'écrit Montaigne, c'est « une polissure qui n'a rien d'âpre et de poignant ».

Jean-Marie Le Clézio est intimidant et donne l'impression qu'on l'intimide. D'où une distance où l'on devine la chaleur et la fraternité.

Nous nous sommes rencontrés en littérature avant de nous rencontrer dans la vie. Pendant que lui écrivait *Désert*, moi je racontais *La Prière de l'absent*. Sans nous concerter nous avions introduit dans l'intrigue un même personnage historique, le héros du Sud marocain, Cheïkh Maa El Aïnin, celui qui, au début du siècle, allait résister aux armées française et espagnole. Nos histoires sont, par ailleurs, très différentes ; mais le fait d'avoir pensé à honorer ce Cheïkh instaura une complicité d'écrivains en frayant le chemin de l'amitié.

Nous nous sommes vouvoyés longtemps, même en nous disant des choses que seuls des amis se disent. Ce fut grâce à sa femme Jémia que nous sommes passés au tutoiement. Je crois que nous avons mieux fait connaissance lors d'un voyage à Haïti, au mois d'avril 1987, en compagnie de l'écrivain Danièle Sallenave. *France-Culture* consacrait une journée à cette île, la première République noire indépendante, qui venait de se débarrasser du fils Duvalier, responsable de nombreux crimes et massacres. Nous fîmes la découverte d'un pays entièrement détruit par la dictature des Duvalier, un pays meurtri, ramené au stade de la barbarie et du désespoir. Bouleversés par ce peuple réduit à la plus grande misère et abandonné après avoir été dépossédé, Jean-Marie et moi ne savions comment dire notre solidarité, comment aider ces gens dans la détresse. Et cette épreuve nous amena à parler des mots, de leur pouvoir illusoire ou réel.

Jean-Marie me dit que chaque phrase composée relève pour lui du miracle. Nous sommes tous étonnés de pouvoir continuer d'écrire, de raconter des histoires et de rencontrer des lecteurs. C'est à Haïti qu'on établit le mieux la relativité de la littérature, qu'on en dessine les limites et qu'on s'en méfie aussi. Comment dire ce pays où le soleil est aussi raide que la fatalité, où rien ne se donne à notre intelligence ? Il serait prétentieux de croire que nous avons compris quelque chose à ce pays, à cette terre chaude et meurtrie. Le soir, nos yeux sont pleins de couleurs, de bruits, de silence et de questions. Partout nous nous souvenons de cette foule compacte où la misère a arraché le sourire des visages. Les visages sont durs et dignes.

Jean-Marie travaille la nuit. La journée, il marche, s'occupe de ses filles, écrit des lettres, visite les bibliothèques, ne lit jamais de journaux. Il prépare sa nuit pour écrire. Il prétend n'avoir aucune imagination et ne faire que transmettre des informations qu'il recueille dans des livres et des documents d'archives.

Réservé et pudique, il déteste le paraître, les conventions sociales, les mondanités et la foule. C'est un homme très attentif. Il sait écouter. L'échange, avec lui, est stimulant. C'est un plaisir simple et rare. Il nous est arrivé de parler de problèmes personnels ; même quand ils sont graves, il sait éviter la dramatisation. Ses passions, en dehors de sa famille, sont simples elles aussi : haine du racisme ; exigence de la justice ; rejet de l'égoïsme et de la vanité ; respect d'autrui et culture naturelle de l'amitié.

C'est quelqu'un qui refuse de faire effort pour entrer dans la vie littéraire. Il s'étonne de sa notoriété et n'en joue jamais. Jémia, qui s'occupe de tout, le préserve et, parfois, le sort de son refuge. C'est une épouse qui a réussi, en plus de l'amour, à créer de l'amitié autour de lui. Jémia est mon amie. J'aime sa passion de la vie et sa fidélité en amitié. Cette alliance douce et paisible est devenue avec le temps une nécessité. Le hasard de la vie fait que nous nous trouvons rarement en même temps dans la même ville. Alors nous nous téléphonons, nous nous envoyons des fax.

J'aime les voir ensemble comme j'aime les voir séparément. À chaque fois, je lis sur leur visage le bonheur d'exister et de s'aimer malgré l'inquiétude. C'est un couple qui dément le désespoir de la conjugalité.

Comme le couple Yahia et Amina : amoureux et amis ; elle l'appelle *Khiyi* (mon petit frère) et lui *Hbiba* (ma petite chérie). D'une générosité puisée dans la haute tradition marocaine, ce couple entretient avec l'amitié un rapport fécond. J'aime chez Amina sa passion pour la musique et pour la peinture, son goût, sa finesse et son cœur « blanc comme la soie ». Notre amitié est pudique. Chez Yahia, j'aime la douceur de vivre, l'attention aux autres, le don, la patience et l'extrême gentillesse. Même si elle est récente, notre amitié est profonde et désintéressée.

Quand je les vois vivre, quand je vois Jean-Marie et Jémia, je me pose la question : pourquoi l'épouse n'est-elle pas d'abord et aussi l'amie ? Pourquoi est-il si difficile d'être l'ami de la femme qu'on aime ?

Je formule à peine cette double interrogation parce que je sais que l'amour n'atteint la maturité et la sérénité qu'aidé par l'amitié. Il y faut du temps, de la générosité et de la lucidité.

J'ai aimé D. Je ne sais si elle m'a aimé. Mais durant les années qu'a duré cette relation, ce fut l'amitié qui prévalut ; une amitié tantôt tendre, tantôt inquiète mais toujours exigeante. Au début, j'ai eu du mal à accepter un amour si enrobé d'amicales attentions. J'avais tort. D. avait une passion pour un autre homme et cela la faisait souffrir. Avec moi, elle recherchait le réconfort, sans reproches et sans plaintes.

Je ne sais pas si c'est au nom de cette amitié ou au nom d'un amour mal partagé que D. m'a violemment remis en question, une douzaine d'années après notre séparation. Elle a été injuste, m'assenant des critiques – autant littéraires que politiques – et me traitant, finalement, comme celui qui a trahi une idée, une valeur, un espoir. Cette relation, si importante pour moi, a suscité le besoin d'une analyse critique de mon comportement.

C'est sur les bancs de l'école que se forgent les premières amitiés. Ensuite, c'est au lycée, puis à l'université et, enfin, dans le milieu professionnel.

Mon métier – si l'écriture peut être considérée comme un métier – me met plus en contact avec les gens de l'édition et de la presse qu'avec les écrivains. J'avoue avoir très peu d'amis écrivains. Certes, il y a François, Roland, Jean-Noël, Michèle et Pierre, Yves, Rachid, Fawzi, Andrée, Vassilis, Amin... Mais ce n'est pas la littérature qui a fait naître l'amitié ; ce sont des affinités, des complicités, des tempéraments qui se sentent flattés quand ils se rencontrent. C'est ce qui a proscrit toute tendance à la rivalité, à la jalousie ou à d'autres mesquineries.

C'est dans une librairie – et pour cause, elle en est la directrice – que j'ai connu Maïté. On m'avait parlé d'une photo d'elle allongée sur un divan. J'ai voulu monter à son bureau voir cette photo où Maïté est belle et séduisante.

Le livre a été notre lien. C'est une libraire qui lit beaucoup et qui a un bon jugement. Un de ses clients s'appelle François Mitterrand. Elle en parle simplement. Femme de caractère

– elle dit ce qu'elle pense sans ménagement –, elle est très fidèle en amitié. La nôtre n'a jamais été intéressée. Il lui arrive d'aimer et de défendre un de mes livres, comme il lui est arrivé de ne pas aimer un de mes romans, et de me le dire en face. C'est une amitié claire et directe. Elle aussi a eu des blessures d'amitié, des trahisons dont elle a beaucoup souffert. Cela nous a rapprochés et nous a aidés à approfondir notre relation, à la mettre à l'abri de ce genre de retournement.

Avec deux ou trois amis, j'ai passé une fois un contrat : parce que j'ai confiance dans leur jugement, je leur donne mes manuscrits à lire. C'est à une lecture particulière que je les invite, une lecture critique et sévère. Et c'est le meilleur service que j'attends d'eux. Michèle G. est une excellente lectrice. Notre amitié s'est renforcée à travers ces exercices. Ce n'est pas un jeu. C'est sérieux. Je tiens réellement compte de ses critiques car je sais qu'elles ne peuvent être que sincères et justes. J'aime aussi « faire le point » avec elle sur tout ce qui nous rapproche. Il y a chez cette jeune femme une intelligence aiguë, une perspicacité minutieuse. Il y a aussi dans sa voix une douceur qui me rassure. Elle aussi écrit. Et j'ai su, depuis, qu'elle écrit d'un territoire de blessure. Ses mots sont justes.

Nous avons des amis communs. Un petit cercle où se retrouvent Jean-Marie et Jémia, Pierre L. et les enfants. Pierre L. est un homme secret. Il y a entre nous une fraternité sereine, sans commentaires, sans bruit.

Jean-Noël est aussi un de mes lecteurs. Si je lui donne un manuscrit à lire, ce n'est pas parce qu'il est agrégé, c'est parce qu'il y a chez lui cette attention nécessaire et cette exigence dont tout écrivain a besoin. J'aime le bousculer et rire avec lui.

Pierre A. est doux et précis.

Avec talent, il raconte la vie des autres. J'attends de lui qu'il raconte un jour la sienne. Occasion d'évoquer le Casablanca des années 50, avec ses familles juives vivant en milieu musulman. Mais Pierre A. est secret. J'aime ce voile à peine posé sur son enfance, comme j'aime ses yeux bleus, son élégance et sa fidélité. Lui aussi est un lecteur dont l'avis m'importe. J'aime parler avec lui aussi bien de l'écriture que de la vie parisienne qui nous fait rire.

Travailleur, bon père, il sait négocier avec le temps pour ne pas se disperser et donner à l'amitié la place qu'elle mérite.

Mon amitié avec Monique A. s'est développée autour de la lecture, et de l'amour pour quelques textes, comme ceux de Georges Henein, Joë Bousquet, Cioran ou Paul Celan.

Deux autres de mes amis lisent mes manuscrits. Ce sont mes éditeurs. C'est leur métier, certes, mais je réclame d'eux aussi sévérité et critique. Un éditeur peut-il être l'ami d'un écrivain ? Pas toujours. Il se trouve que mes deux éditeurs, Jean-Claude et Jean-Marc, sont des écrivains. Nous parlons donc d'écriture. Je lis leurs textes. Ils lisent les miens. On en discute.

Jean-Claude est une intelligence en activité permanente. Homme de terrain, homme de contact et de réflexion, il court toujours. Ce n'est pas un homme pressé, ou impatient. C'est un homme qui avale le temps. Fidèle, courageux et sincère, il ne s'arrête devant aucun obstacle. Lecteur attentif – c'est lui qui corrige mes mauvaises concordances de temps –, il est de très bon conseil. Comme il court sans cesse, ses idées se bousculent, certaines tombent, s'annulent, d'autres s'enrichissent et prennent forme dans un des dix projets qu'il mijote en même temps. Incapable de flâner, de paresser, de s'arrêter de lire ou d'écrire, il est heureux dans la passion de faire, de réaliser des projets ou d'en proposer à ses amis. Une semaine de Jean-Claude correspond à un mois ou deux chez d'autres. J'admire cette capacité de travail et, en même temps, je regrette qu'il ne sache pas goûter le plaisir de la paresse. Mais il prend toujours le temps de voir ses amis, de les écouter et de leur parler. Inquiet, il l'est plus pour eux que pour lui-même. C'est un des rares intellectuels à avoir autant d'activités et de responsabilités (éditeur, chroniqueur, reporter, journaliste, conférencier, rassembleur d'hommes, homme d'intérieur, amoureux de sa femme et de ses enfants, voyageur...), il reste un homme étonnant, et tout le temps étonné – dans le sens où Aristote parle de l'éveil de la conscience. S'il manque un peu d'humour, il rit aux éclats volontiers. Il aime le partage et la simplicité des relations.

Un jour, Claude, son ami d'enfance, me dit : « Même en vacances, Jean-Claude est incapable de rester plus de cinq minutes sans rien faire. Quand il n'est pas dans son bureau, devant son ordinateur, il est dans la forêt, en train de scier du bois pour la cheminée. »

Catherine, son épouse, s'est adaptée avec intelligence à ce rythme qui recèle quelque chose de fascinant, ou d'inquiétant. Elle apporte, par son amour et son intuition, l'équilibre nécessaire à l'homme et à l'ami. Sa différence est présente dans une belle sérénité qui rassure et fait que le couple est toujours en éveil, dans sa réalisation comme dans l'amitié partagée.

Jean-Marc est un mystère. Je ne dirai plus de lui qu'il est la gentillesse même car je sais que cela l'exaspère et que seuls ceux qui sont pressés de lui coller une étiquette se réfèrent à sa gentillesse. Elle est cependant réelle. Mais il y a autre chose. Une inquiétude au fond de ses yeux qui rient, dans ses gestes mesurés mais généreux. C'est un joueur. Il aime les risques, les paris et le plaisir des combinaisons complexes. Chez lui, il y a en apparence beaucoup de légèreté ; mais, au fond, c'est un masque qui cache une angoisse grave. Son sens de l'humour vient de là. C'est dans ses romans que pointe cette angoisse. Je suis persuadé qu'autour de Jean-Marc subsiste un malentendu. Il ne fait rien pour le lever. À ce lecteur de qualité, je reproche souvent de manquer de sévérité. Mais il reste que c'est un ami en qui j'ai toute confiance, et qui me rassure. J'aime débarquer dans son bureau sans rendez-vous, et lui piquer des livres ou des magazines. Il aime le football, le cinéma, l'escalope panée, le thon, le téléphone, les secrets, les coulisses, l'amitié et les bons vins.

Il a été le premier éditeur de Vassilis, et Vassilis fut le premier écrivain qu'il ait édité. D'où sa fidélité tenace à ce Grec que nous aimons beaucoup, et dont les livres sont drôles et graves en même temps.

Vassilis est un personnage. Il porte d'épaisses sandales cousues par des mains de paysans du Péloponnèse, s'habille de gros chandails et du même pantalon de velours. C'est un séducteur qui a peur des femmes amoureuses. Lui aussi a une passion pour le football, pour les canulars et la dérision.

J'aime son rire, son débit parfois bégayant, souvent au service d'une observation inattendue et cinglante de la vie.

Il vit dans un espace tellement réduit que des Japonais, un jour, sont venus le visiter. C'est Charly qui a aménagé ce studio. Vassilis m'a fait connaître Charly. Architecte doué, qui rêve de maison ouverte sur le ciel et la mer,

Charly court pour rattraper la lumière qui inonda un jour son enfance. Né en Tunisie, il se bat contre les séquelles de l'arrachement. C'est dans l'amitié qu'il a trouvé un foyer, une raison d'espérer, et la force d'affronter la vie. C'est un être délicat et fraternel. Il m'arrive de le taquiner un peu. On rit, on essaie d'oublier les vieilles blessures.

Philippe L. est photographe. Il lui arrive de partir pendant des mois à l'autre bout du monde. Il revient, toujours le même, plein d'images, de sensations et de projets. C'est l'ami intermittent, égal à lui-même, et qui sait prendre le temps de vivre selon sa propre logique.

L'autre Philippe est un personnage de roman. Dès que je l'ai vu, j'ai su qu'un jour il serait dans un de mes livres. Il est dans *Les Yeux baissés*. C'est un homme d'une grande fidélité. Il a une intelligence très humaine qui lui permet de lire dans les lignes de la main, sur les visages et dans les pensées secrètes. Il est doué pour percer les apparences. Il le fait avec tact et gentillesse. Il m'arrive de le consulter comme un médecin de l'âme, ou comme un chirurgien du Destin. Notre amitié s'est développée lentement. Elle est sans doute promise à un bel avenir car nous partageons une pensée un peu désabusée sur le genre humain.

> Il ne peut y avoir de véritable amitié qu'entre gens de bien.
>
> Cicéron

Jean-Pierre et Marie-Pierre sont des gens de bien.

Notre amitié a traversé le temps, et même s'il y eut une période où nous ne nous voyions pas, le lien a été rétabli sans la moindre difficulté. C'est une preuve de solidité.

Pendant vingt ans, cette amitié a gardé bonne mémoire – notre première rencontre eut lieu à Hautvilliers, en 1974, lors d'une réunion de poètes francophones où Jean-Pierre avait fait mon portrait pour la télévision, et c'était ma première apparition à la télé –, comme elle a gardé le goût des repas partagés et du travail en commun.

Depuis des années, nous essayons de faire un film ensemble. Nous avons écrit deux scénarios mais, à chaque fois, nous butons contre la bureaucratie et l'arrogance de ceux qui ont en charge de décider ce que les téléspectateurs méritent de voir. Cela a renforcé nos liens et enrichi notre relation d'humour et de dérision. Marie-Pierre est entrée dans cette amitié comme dans une maison chaude et ouverte.

De tous mes amis, Ghassan est probablement celui qui lit le plus et publie le moins. Il passe des années à retravailler un livre au point de considérer, à force de lire Faulkner, Einstein ou Spinoza, que rendre public ce qu'il a écrit ne peut être qu'un exercice vain. Il fait tout pour retarder le moment de livrer son manuscrit à l'éditeur. En fait, il est naturellement perfectionniste et n'est jamais satisfait.

Un de ses amis m'a dit : « Ghassan est une intelligence redoutable ! » Vive, rapide, percutante et embrassant plusieurs domaines, cette intelligence est sa soif d'être au monde, qu'il cherche sans cesse à étudier à défaut de le comprendre. Il est curieux de tout et rien ne l'arrête. Tout ce qui pique sa curiosité est relevé, pris en compte, travaillé, archivé. Il nous arrive de parler des heures de littérature ou de sciences et de passer ensuite à des sujets quotidiens et apparemment futiles.

Homme sensible et fin, sa lucidité et son exigence le rendent hors d'atteinte, je veux dire difficile à suivre. Il comprend tellement vite que parfois il est inutile de terminer les phrases. On sent qu'il est impatient, qu'il ne tolère pas de perdre son temps, qu'il est incapable de se laisser aller à la paresse ou à une certaine légèreté. Pourtant il aime rire et plaisanter. Il aime les femmes et leur mystère. Je le soupçonne parfois de préférer l'extase spirituelle qu'il dit connaître en lisant un ouvrage scientifique au plaisir d'une soirée avec une amie.

Fin gourmet, il a décidé il y a quelques années de devenir végétarien, ce qui complique ses relations sociales. Il prend soin de sa santé et même de son apparence physique.

Mais depuis qu'il s'est rasé la barbe – une barbe qu'il teignait en noir – il est plus rasséréné. Il n'empêche que c'est un plaisir de discuter avec lui, aussi bien de politique que de culture ou d'éducation.

Avec le temps, il est devenu mon confident, mon conseiller en informatique, en relations professionnelles, en vin, celui qui m'écoute quand le moral est bas, celui qui sait relativiser les événements. Il est aussi un de mes premiers lecteurs. J'aime ses critiques. Elles sont toujours justes, sévères et précises. Il a été autrefois éditeur.

J'aime bien son *look* un peu déphasé, sa fidélité et sa rigueur même s'il donne l'impression d'être un savant égaré dans ses recherches, quelqu'un dont l'aspect distrait n'est qu'une apparence. Autre qualité chez Ghassan : il ne se plaint jamais. Marcelle, sa femme, a du mérite de le suivre dans sa course effrénée et de respecter ses multiples centres d'intérêt. Elle est douce, frêle et surtout très fine. Je l'apprécie pour sa discrétion et sa générosité chaleureuse.

Paul est philosophe. Sa présence attentive, la solidarité qu'il a manifestée au moment où je suis passé par des épreuves désagréables, m'ont révélé un être fin et subtil. Je sais ce que je lui dois ; il n'est pas homme à vous le faire rappeler. Nous apprenons à nous connaître et à développer nos liens fondés sur la gratuité et le plaisir d'échanger quelques bonnes lectures. Nous évitons les sujets qui fâchent : le Proche-Orient et la relation avec la mère. C'est un écrivain exigeant, qui ne cesse d'approfondir des thèmes qu'il traite avec intelligence et rigueur.

Avec Dorothée et Pierre-Alain j'ai du mal à me reconnaître sur le fil d'une admiration qui me fait rougir. Ce qui les caractérise, c'est avant tout une immense générosité, une mémoire vive et ensoleillée, une présence chaleureuse qui ne se fatigue jamais. Ils me comblent de leur amitié et j'ai souvent l'impression que je suis et serai toujours en deçà de ce don. Non pas que mes sentiments soient faibles, loin de là, mais je pense être en retard d'une émotion, d'un geste, d'une rencontre. Je les aime et les apprécie avec timidité, simplement parce que leur amitié m'impressionne, car elle est comme une saison arrivée à maturité et éparpillée dans les jours d'absence.

Isaac est un esprit scientifique, qui de plus possède une bonne connaissance de la pensée philosophique. C'est un inventeur, un créateur de système, un chercheur en médecine et en informatique. Nous étions ensemble au lycée à Tanger. Je me souviens d'un élève sérieux et trop studieux. Nous nous sommes retrouvés bien plus tard. Ce que j'aime chez lui, c'est son équilibre. Un homme équilibré, d'une humeur sans heurts. C'est un sage. Il ne fait pas étalage de sa culture ni de sa rationalité naturelle. Il dit n'avoir jamais été trahi par un ami ni même déçu. En cela, il sait que l'amitié est la gratuité absolue : « Avoir un ami, me dit-il, c'est accepter que quelqu'un sera dépositaire d'un don qu'on décide librement de lui faire. Il ne faut rien attendre en échange de ce don. Pour conserver une amitié, il faut se détacher de toute demande. Il faut avoir l'humilité de savoir recevoir et de ne cultiver aucune illusion sur l'espèce humaine. »

Élégance. C'est le mot qui convient le mieux pour parler de Boubker et Nour. Ils sont beaux, généreux et subtils. Homme de culture et de goût, Boubker exerce un métier d'art. J'aime le fréquenter parce que j'apprends avec lui à regarder un tableau orientaliste du XIXe, une porcelaine persane du XIe, un meuble syrien du début du XVIIIe ou un tapis marocain ou chinois. C'est une amitié qui n'est pas née d'un enthousiasme soudain mais s'est construite et consolidée avec le temps. Étudiants, nous nous connaissions de vue. Nous étions de la même ville mais nous faisions des études différentes. Je me souviens de son père, un homme d'une grande discrétion et d'une belle sagesse. Il avait un bazar d'artisanat marocain. Il a su apprendre à ses enfants l'authenticité de leur culture, le respect des traditions et des valeurs humanistes de l'islam, il leur a insufflé le goût de l'esthétique ancestrale et populaire. Le bazar est devenu une galerie d'art où s'entassent des merveilles. Tous ceux qui s'intéressent aux objets d'art authentiques et rares connaissent ce lieu.

Je ne dirai pas de Boubker qu'il est antiquaire. Ce mot galvaudé ne lui correspond pas. Je dirai plutôt que c'est un artiste, dans la mesure où il met sa culture en pratique. Sa curiosité esthétique est toujours vive, éveillée. J'aime l'accompagner aux puces de Saint-Ouen ou dans les ventes de l'hôtel Drouot. J'aime parler avec lui de spiritualité, de religion et même de politique. C'est un homme qui sait écouter. Il est attentif à l'ami, à ce qui le préoccupe ou l'enchante. Cette amitié m'est précieuse. Je sais qu'elle est basée sur une gratuité absolue et simple.

Nour est une femme au charme discret et à la beauté pleine de grâce. Un jour elle m'a dit « tu es un frère ». Cela m'a touché. Je crois que c'est ce qui caractérise cette relation. Je suis un peu de la famille tout en étant l'ami proche de son mari. Ils vivent dans une maison heureuse, une demeure emplie de sérénité et de lumière.

« Toujours présente, jamais pesante », telle devrait être la devise de toute amitié.

Passant en revue mes amitiés depuis l'école coranique, j'ai le sentiment d'avoir sauté des étapes, oublié des personnes qui, à un certain moment, ont été présentes puis ont disparu, plus par le hasard de la vie que par décision.

Quelqu'un utilise la métaphore des cercles pour classer ses amis.

Dans le premier cercle, le nombre en est forcément restreint. Et dans le second, on place les amis dont la proximité est aléatoire. Le problème, c'est que ceux qui pensent faire partie du premier se fâchent quand ils apprennent qu'ils en sont un peu éloignés.

Il y a ceux à qui on peut confier un secret. Les autres avec qui on boit juste un verre.

Je préfère éviter tout classement. Cela pourrait être vexant, ou simplement injuste.

J'imagine une série de titres pour des amis qui, sans faire partie du noyau dur, sont importants :

L'ami décousu : c'est l'intermittent. Celui qui apparaît de temps en temps, et sur lequel on ne peut pas toujours compter. L'intuition recommande avec lui la prudence, qui n'exclut ni la chaleur, ni le plaisir.

René B. est tout le temps absorbé par son travail. Passionné de bibliophilie, il est souvent dans des dépôts, dans des foires, ou au fond de ses magasins où il vend des livres d'occasion. Difficile à joindre, il vaut mieux attendre qu'il réapparaisse. Il ne vient jamais les mains vides, comme s'il cherchait à se faire pardonner sa longue absence. C'est un homme merveilleux qui compense l'aspect décousu par la qualité de sa rare présence.

René B. est définitivement parti, un matin d'août, écrasé par un camion.

L'ami de passage : celui avec lequel on sympathise le temps d'une rencontre – un colloque, par exemple –, ou le temps d'un voyage. On sait qu'on a peu de chances de le revoir, mais on fait en sorte que le temps de la découverte se passe bien. Généralement, on note son adresse, puis on l'oublie ; ou on repense à lui sans ressentir le besoin de le revoir. La liste de ces amis serait longue à dresser. Certains se reconnaîtront.

L'ami du chagrin : celui dont l'évocation est liée à un événement douloureux. Parfois, on partage le même deuil à des degrés différents. Je pense à Claude C. qui a été l'ami le plus proche d'Othman, et qui a accompagné sa maladie jusqu'au dernier jour. C'est à travers cette épreuve que je l'ai découvert et apprécié.

> Dans la mort d'un ami [...] si malheur il y a, c'est moi qui le subis, et s'affliger de sa propre détresse ce n'est pas aimer ses amis mais s'aimer soi-même.
>
> Cicéron

L'ami disparu : Fawzi disparaît six mois, un an, ou même deux, puis, un jour, il réapparaît, soit en téléphonant, soit en écrivant, toujours avec la même fougue. Au début, on est un peu désarçonné. Je ne sais jamais à quoi m'en tenir avec lui. Une fois disparu, il ne répond pas aux appels. Alors on le laisse traverser son désert : on sait qu'on va le retrouver un jour, égal à lui-même, dynamique et fraternel.

Ces sortes d'amis, j'ai appris qu'il ne fallait pas les déranger, ni insister ni leur faire de reproches. L'amitié, quand elle repose sur des bases solides, peut se permettre d'accepter ces parenthèses qui ne signifient pas oubli ou rejet ; elles ne concernent que la personne qui en ressent le besoin.

J.-P. P.-H. fait partie de ceux qui disparaissent puis réapparaissent au gré des événements. C'est un personnage difficile, complexe et déroutant. Il nous est arrivé plusieurs fois de constater nos désaccords, surtout en politique. J'ai appris à ne pas donner trop d'importance à ces différends. Il vaut mieux éviter d'en parler. Car, par ailleurs, Jean-Pierre est une personne de qualité, serviable, sincère et d'une franchise brutale. Je lui dois mes premiers contacts avec la rédaction du journal *Le Monde*.

Cet homme de parole peut mener la vie dure à ses amis. Il lui arrive de se tromper. Il le reconnaît volontiers.

L'ami retrouvé : le destin est plus fort que la mémoire. C'est lui qui ramène vers le passé pour éclairer un moment sombre du présent. Le destin est ce qui nous arrive au moment où on ne s'y attend pas. On parle de destin parce qu'on ne sait comment nommer cette brutalité qui nous frappe dans l'âme et le cœur. Alors on se souvient d'un ami lointain, de quelqu'un qu'on n'avait pas forcément oublié mais qu'on n'avait plus l'habitude de fréquenter. On hésite. On est gêné, et puis on se rappelle les qualités de l'ami en question, comme la générosité et la patience.

J'ai appelé Danielle R. une nuit où j'avais besoin de son aide. C'était un appel au secours. Amine venait de naître avec une trisomie 21. Je voulais que ses yeux pleins de lumière et d'intelligence me rassurent ou, du moins, me donnent un peu d'espoir et de courage. Elle arriva tout de suite. Elle eut les gestes et les mots que j'attendais. Notre vieille amitié reprit du service avec force et bonté.

J'ai connu Danielle au milieu des années 70. Elle cachait en elle une immense blessure. Ses yeux bleus gardaient une part de la lumière du Maroc, la part maudite, celle qui lui donna un amour fort pour le lui retirer avec violence et injustice.

Elle m'émeut chaque fois qu'elle évoque ce drame qui marqua sa vie définitivement.

Elle se consacre aujourd'hui aux enfants venus au monde avec des handicaps. Elle écoute, parle, écrit et se souvient avec douceur et tendresse d'une terre qui lui a tant donné, et tant retiré.

Curieusement, c'est en consacrant un livre à l'amitié que je risque de me faire des ennemis. Mais, comme on le dit par prudence, cette liste de mes amis n'est pas exhaustive. Elle reste ouverte.

Des personnes peu connues peuvent nourrir à votre égard un sentiment qui ressemble à l'amitié. On le découvre par hasard, ou dans des moments difficiles. On s'en réjouit, on se sent flatté et rassuré.

Heureusement, il me reste des amis à découvrir ; qu'ils fassent partie de mon passé ou qu'ils occupent mon avenir. C'est beau de penser à l'ami encore inconnu. Quand j'arrive pour la première fois dans un pays, je pense à celui ou à celle qui se comportera en ami pendant mon séjour. En général, on est angoissé quand aucun ami ne vous attend. On devient comme un mendiant qui n'ose tendre la main. Mais l'amitié ne se mendie pas. Elle arrive ou n'arrive pas. Je pense parfois à des amis avec qui j'ai vécu des moments de qualité mais qui, aujourd'hui, se trouvent éloignés. L'amitié, alors, se refroidit, puis s'éteint d'elle-même, sans rancune, sans mauvaise pensée. Je pense à Youssef, compagnon des années de la cité universitaire, intelligent mais politiquement intolérant. Je crois bien que, depuis, il a mis beaucoup d'eau dans son vin.

L'avenir est ouvert.

Je ne sais pas si l'âge apporte de nouvelles amitiés, ou si nous puisons toujours dans le même vivier.

Je sais que sans amitié la vieillesse sera pénible et hideuse.

Pour un écrivain, faire une déclaration d'amitié à des libraires peut paraître incongru, ou opportuniste.

Le fait est que, très tôt, j'ai établi des relations, certes professionnelles, mais aussi amicales avec un certain nombre d'entre eux.

J'aime la librairie en tant que lieu. J'aime la main qui sert de lien entre l'écrivain et le lecteur. Le libraire est l'ami du livre ; pas de tous les livres, mais de ceux qu'il considère assez pour les transmettre aux lecteurs. Les écrivains ont tort de ne pas fréquenter plus souvent ces lieux. Non pas pour voir si leurs ouvrages sont bien mis en valeur mais pour se rendre compte comment vit un livre, comment il circule d'une main à l'autre, comment on le feuillette, on en lit quelques lignes, puis on le repose à sa place, on l'abandonne sur le bout de la table, ou bien on décide qu'il sera l'ami de quelques nuits.

> ... Et puis tournant son propos à moi : « Mon frère, dit-il, que j'aime si chèrement, et que j'avais choisi parmi tant d'hommes pour renouveler avec vous cette vertueuse et sincère amitié, de laquelle l'usage est, par les vices, dès longtemps éloigné d'entre nous, qu'il n'en reste que quelques vieilles traces en la mémoire de l'Antiquité, je vous supplie, pour signal de mon affection envers vous, vouloir être successeur [*héritier*] de ma bibliothèque et de mes livres, que je vous donne : présent bien petit, mais qui part de bon cœur, et qui vous est convenable pour l'affection que vous avez aux lettres. Ce vous sera "un souvenir de votre ami." »
>
> Montaigne,
> *Discours sur la mort de feu M. de La Boétie*

Les libraires sont les messagers des nuits que d'autres ont consacrées à l'écriture, des matins que d'autres ont occupés à aligner des mots, à vivre avec des personnages.

Ni ami décousu, ni ami disparu, le libraire est l'ami qui ne trahit jamais parce que le lien est matérialisé par un objet. Il se peut qu'il n'aime pas un livre en particulier mais, de par sa vocation, il aime *le* livre en général. Si cette amitié n'est pas personnelle, elle est liée à une intimité originelle : celle de la solitude de l'écriture et de la lecture.

Pendant longtemps, j'ai considéré certains écrivains et cinéastes comme des amis. Je disais « mon ami Nietzsche a écrit... », ou « mon ami Ozu a réalisé... » Ce sont des amitiés apparemment à sens unique. Un créateur, surtout quand il a du génie, est quelqu'un qui nourrit une attente, une espérance.

Pendant que j'écris ces lignes, Federico Fellini est tombé dans un coma profond. L'homme est mort. Mais ce qu'il a donné à des millions de spectateurs est toujours là, vivant, riche, éternel. Il nous a donné la matière de nos rêves et a libéré en nous des flux inconscients, ou à peine soupçonnés, de rêves encore plus fous, plus audacieux. Chacun de ses films a été pour moi un signe d'amitié. Pas pour ma personne, mais pour l'humanité. Alors je lui donne mon amitié, à son insu, forcément, mais c'est ma façon, à moi, de le remercier. C'est peu de chose, mais ce don gratuit me rend heureux.

Nietzsche est un compagnon des bons et des mauvais jours. Je trouve chez lui ce dont j'ai besoin : la poésie, la pensée rebelle, l'absence de système, et une voix que j'entends au fond de moi-même.

Je pourrais en dire autant de Rimbaud, ou de Juan Rulfo. Une bibliothèque est une chambre d'amis. Ce sont des amis qui m'entourent et me donnent l'hospitalité. Une maison sans bibliothèque est une demeure sans âme, sans esprit, sans amitié. Les livres – peut-être pas tous les livres –, quand ils sont rangés, semblent vous observer, ou vous appeler. Ils attendent. Quand une main s'approche d'eux, ils se penchent vers elle. Je pense à *Ulysse*, de James Joyce. Je l'ai lu pendant la période du camp disciplinaire. Il a ouvert en moi la voie de l'écriture. Il m'a autorisé à écrire. Celui qui vous fait un tel don ne mérite-t-il pas votre amitié ?

Chacun, dans sa vie, n'a-t-il pas eu, un jour, la révélation de ce don, signe d'une urgence ou d'une volonté ? Donner une part de son intimité – recréée, réinventée par les mots et les images – que vont s'approprier des inconnus en l'entourant de passion, d'amour et de secret. Celui qui est à l'origine de cet acte devient l'ami exceptionnel, lointain physiquement, ou dans le temps, mais si proche par ce qu'il a laissé.

> La flatterie, d'ailleurs, bien qu'elle soit dangereuse, ne fait vraiment du tort qu'à ceux qui l'acceptent et s'en délectent. Les flatteurs sont surtout écoutés par les vaniteux, toujours contents d'eux-mêmes.

Je relis ces paroles de Cicéron en me demandant si je n'ai pas flatté ceux que j'aime. Peut-être, mais il n'y a guère de vanité dans la vertu qui s'aime et le fait savoir. Mes amis sont humains. Ils ont des faiblesses et des défauts.

Ce ne sont pas des saints ni des statues. Ceux qui ont manqué du sens de l'amitié restent des amis, des amis dans le souvenir. On ne peut nier ni effacer leur souvenir. Il fait partie de la vie et du patrimoine.

Être exigeant est une règle de base. Être tolérant est un principe. Veiller sur l'état de l'amitié est un devoir. Penser à l'autre, savoir être présent quand il le faut, avoir les mots et les gestes qu'il faut, faire preuve de constance dans la fidélité, c'est cela l'amitié, et c'est rare.

Je pense à Annie C.-S. qui, malgré l'éloignement, appelle lorsqu'elle sent qu'une onde négative rôde autour de l'ami. Pour simplement dire qu'elle est là, qu'elle pense à vous et qu'elle vous enlace de toute son affection.

Je pense à Chantal L. prête à tout mettre en œuvre pour conjurer le sort quand celui-ci a l'air de tourner mal. Il a été particulièrement injuste avec elle puisqu'elle nous a quittés trop tôt.

Je pense à Saad H., à Fatima, à G.P. et Laure, à Javier et Michæla, à Edmond B., à Bernard N., à Ulderico et Christine, qui offrent avec chaleur et générosité présence et écoute.

L'amitié qui se lit sur les visages et dans les gestes devient comme une prairie dessinée par un rêve dans une longue nuit de solitude.

C'est la petite lumière qui doucement annonce le jour.

> Entre parents, cependant, le lien qui existe, créé par la nature, est fragile. L'amitié, elle, est beaucoup plus solide : si un parent peut toujours se dérober, ce n'est pas le cas d'un ami. Sans dévouement, le mot amitié lui-même perdrait tout son sens, pas le mot parenté.
>
> Cicéron

Au Maroc, le sens de la famille prime sur l'amitié.

On défend d'abord sa tribu avant ses compagnons de route.

On privilégie les liens de parenté sur les relations contractées en dehors de la famille. Chez beaucoup de gens, l'amitié est une forme de complicité, de conjonction d'intérêts.

Mes frères auraient pu être mes amis. Mais

ils sont plus tenus par les liens de famille que par un lien librement choisi et consenti.

J'ai été l'ami de mon frère aîné. Nous avons fait notre scolarité ensemble. Mais dès qu'il est entré dans la vie professionnelle, dès qu'il a fondé sa famille, nos liens se sont relâchés sans porter atteinte à l'affection qui nous unit. Nous avons divergé dans nos choix, dans nos préoccupations. L'amour fraternel est là. Il n'est pas remis en question. Il veille et nourrit notre regard.

On ne peut faire d'un frère un ami, ni traiter un ami comme un frère. Ce qui n'exclut pas, dans un cas comme dans l'autre, une qualité d'amour. Il faut laisser à la liberté sa fonction :

> Et notre liberté volontaire n'a point de production qui soit plus proprement sienne que celle de l'affection et amitié.
>
> Montaigne

Certaines personnes que j'ai connues et appréciées récemment, ou que j'ai rencontrées il y a longtemps, pourraient s'étonner de ne pas figurer dans cette galerie de portraits. Ce n'est ni un oubli, ni une mise à l'écart. C'est un report, une mise en instance pour un hommage qui sera rendu autrement.

> En toute occasion il est important de réfléchir à ce qu'on attend d'un ami ainsi qu'à ce que l'on consent à lui donner.
>
> Cicéron

Ou, comme le dit Alceste à Oronte :

> Monsieur, c'est trop d'honneur que vous me
> [voulez faire ;
> Mais l'amitié demande un peu plus de
> [mystère.
>
> *Le Misanthrope.*

> Sans aucun doute, en ce qui concerne le neveu Paul du philosophe Ludwig Wittgenstein, je n'aurais pas ces craintes, bien au contraire, lui avec qui j'ai été pendant tant d'années, jusqu'à sa mort, lié par toutes les passions et toutes les maladies, et par les idées qui naissaient constamment de ces passions

et de ces maladies, il faisait justement partie de ceux qui pendant toutes ces années m'ont fait tant de bien, et qui, en tout cas, ont amélioré mon existence de la manière la plus utile, c'est-à-dire la mieux adaptée à mes dispositions, à mes aptitudes et à mes besoins, et l'ont même souvent tout simplement rendue possible, ce qui, aujourd'hui, deux ans après sa mort, m'apparaît avec la plus grande netteté, et, compte tenu du froid de janvier et du vide de janvier dans ma maison, cela ne fait pas le moindre doute. Je me dis : comme je n'ai pas de vivants pour cela, je vais au moins me défendre avec les morts, aucun ne m'est plus proche ces jours-ci et en cet instant même, que mon ami Paul.

Thomas Bernhard
Le Neveu de Wittgenstein

J'aime prendre le temps de réfléchir afin d'arriver à la seule amitié qui compte :

la plus belle et la plus naturelle, celle qu'on recherche uniquement pour elle-même.

Ombre de la trahison

Les blessures d'amitié sont inconsolables

L'amitié est rare, très rare, d'où son aspect précieux et marquant. On arrive à la fin de la vie et on essaie de compter ceux que l'on considère comme de vrais amis, ceux dont la fidélité a été sans faille, ceux qui vous ont aimé tel que vous êtes, sans vous juger ni essayer de vous changer. C'est dans les épreuves, les moments difficiles et parfois décisifs, que l'amitié se révèle et se consolide, ou s'absente et tombe dans le commun de l'oubli. L'amitié est ce qui permet de désarmer la cruauté et d'affronter le mal.

Elle peut avoir existé, sincère et forte, puis se briser d'un seul coup, s'anéantir parce qu'elle aura manqué à l'un de ses principes fondamentaux, la fidélité, c'est-à-dire la constance dans la confiance, cette présence qui ne doit jamais faire défaut. Comme l'écrit Cicéron : « C'est quand la fortune varie, que se montre à coup sûr l'invariable ami. » La trahison c'est « manquer à la foi donnée à quelqu'un », c'est une forme d'abandon doublée parfois d'une volonté de nuisance ou d'une participation active ou passive à une opération de malfaisance. On agit contre quelqu'un à qui on devait fidélité, souvent par intérêt, ou par jalousie, par vengeance, par mesquinerie. Toutes ces notions sont non seulement étrangères à l'amitié mais sont sa négation absolue. L'évêque anglican Jeremy Taylor (1613-1667) utilise l'expression « adultère d'amitié » pour parler de trahison : « La trahison et la violation d'un secret constituent les adultères d'amitié et dissolvent l'union entre les amis. » On pourrait dire que l'amitié est « un mariage entre les âmes ». Quand on convoque le malheur et la convoitise, on révèle sa propre défaite, son incapacité à éprouver de l'amitié. Or l'amitié est un état de grâce apaisé et apaisant.

Il faut du temps pour atteindre cet état où le plaisir vient de la gratuité et de l'absence de quelque intérêt que ce soit. C'est en ce sens que la force d'une amitié peut s'effondrer parce qu'un élément impur s'est introduit dans la relation : « L'amitié née de l'intérêt à court terme meurt avec lui » (Sénèque). Dans la relation amoureuse et sexuelle, la trahison, l'usure, le conflit et la guerre sont de l'ordre du possible. Ils font partie du jeu, sont admis, même si l'on n'en parle pas. Quand un amour est trahi et brisé, on a du chagrin et on sombre dans une mélancolie profonde. On souffre d'être face à l'impossibilité d'inverser le cours des choses. On a le sentiment qu'on ne se relèvera pas de cet échec. Pourtant, le temps fait son travail.

Parce que l'amitié est à l'écart de toute satiété et de tout calcul, ces dérapages ne devraient pas se produire, d'autant qu'on ne saurait les prévoir. L'absence de conflit pervers et d'intérêt dissimulé est le fondement même de l'amitié. Une amitié trahie est une blessure insupportable parce qu'elle ne faisait pas partie de la conception et de la nature de la relation, laquelle est une vertu et non pas un arrangement social ou psychologique. Elle est vécue comme une injustice, une blessure incurable. On ne comprend pas et on s'en veut d'avoir donné le bien le plus précieux à quelqu'un qui ne le méritait pas ou qui n'a pas compris le sens et la gravité de ce don. On s'est trompé et on a été trompé. La rupture s'impose parce que l'amitié ne souffre pas de concessions avec le faux, la tiédeur et la perversité. La Bruyère écrit : « Il est doux de voir ses amis par goût et par estime ; il est pénible de les cultiver par intérêt ; c'est solliciter. »

En amour, on peut solliciter et insister, la consolation existe. Tôt ou tard, l'oubli s'installe et l'émotion retrouve sa jeunesse et ses forces. En amitié, la consolation est illusoire, le deuil un précipice. Un ami, un vrai, ne se remplace pas. On vit avec cette blessure infinie, on s'entête à vouloir oublier, mais on sait que l'exercice est vain.

Pourquoi ce genre de blessure persiste-t-il dans la mémoire ? Parce que le principe de la parole donnée n'a pas été respecté, la confiance a été abusée, s'est retrouvée comme une demeure cambriolée par celui ou celle à qui on en a laissé les clés. Et l'on est alors effaré de découvrir qu'on a été dans l'erreur, qu'on a longtemps fait fausse route, cru des mots vides de sens, qu'on a ouvert sa maison intérieure, le lieu intime du secret. Et voilà que soudain, tout vole en éclats.

Comment ne plus souffrir de ces blessures ? Comment choisir ses amis ? Comment savoir, comment prévoir les métamorphoses de l'âme, sa fidélité et son intégrité, ses errances et ses revirements ? Il n'y a pas de recette. Méfiance et amitié ne vont pas de pair. La suspicion est déjà la fin d'une relation. Que faire alors ? Marguerite Yourcenar écrit dans *Mémoires d'Hadrien* : « Notre grande erreur est d'essayer d'obtenir de chacun en particulier les vertus qu'il n'a pas, et de négliger de cultiver celles qu'il possède. » La perfection n'est pas humaine, en revanche la vertu de l'amitié, ce « soleil du monde » (Cicéron), est le propre de l'homme.

De la trahison

Dix ans après, malgré des éclipses et quelques trahisons, je ne retire rien de ce que j'ai écrit. Ceux qui ne sont plus mes amis aujourd'hui ne liront pas sous ma plume un réquisitoire et des griefs. C'est leur liberté, leur conscience et aussi des circonstances sans doute particulières qui ont précipité des années de lien et de confiance dans un abîme de médiocrité et de lâcheté. Je ne les nommerai pas, ils se reconnaîtront. Il m'arrive de chercher à comprendre, d'imaginer ce qui a pu se passer et pourquoi une amitié a pris fin brutalement. Je suis peut-être cet homme blessé qui garde encore quelques illusions sur le genre humain. J'envie, sans les admirer, ceux qui savent pratiquer l'indifférence, puis l'oubli jusqu'à l'amnésie. C'est une force que je ne possède pas. L'indifférence, même quand elle est nécessaire et utile, est à éviter ou alors à pratiquer contraint et forcé.

La trahison de l'amitié est une forme silencieuse du meurtre. On tue le don et la grâce puis on se masque. On prend place dans le cœur et l'amour de l'autre, on s'y installe pour mieux connaître les repères et faiblesses de la future victime et, comme dans un jeu diabolique, on détruit ce qu'on ne peut posséder, on fait commerce de cette relation parce qu'on ne supporte plus ce qu'elle est, on démolit la maison intérieure, ce bien précieux qu'est la confiance.

Le processus de la trahison intrigue et fascine. Le traître commet un crime sans grand risque, car il s'introduit dans l'intimité au point de partager avec l'ami des secrets au nom de la confiance, ce privilège qu'on ne doit accorder qu'avec parcimonie. Il connaît donc les ficelles, les failles, les clés et les issues pour toucher l'autre ; il révèle ce qu'on voulait dissimuler, garder hors d'atteinte, pour soi et ne partager qu'avec l'ami sûr.

La trahison est le crime symbolique par excellence. On tue de l'intérieur, sans verser de sang, sans même apparaître. On pousse même parfois la perversité jusqu'à faire faire le travail par d'autres. On ne se salit pas les mains. On inverse les rôles et on se fait passer pour la victime, en se drapant dans un linceul d'orgueil blessé. Mais l'action du traître ne s'en tient pas à sa volonté de déchirer le voile de la confiance, elle se charge d'hypocrisie tout en épousant le Mal pour provoquer le malheur, car elle est souvent inspirée par la jalousie.

Ce sentiment de frustration ombrageuse vient du fait de ne pas admettre ce que l'on est et ne pas se contenter de ce que l'on a. Le jaloux est dévoré par l'envie, celle de vouloir être à la place de l'autre, et de se glisser dans les plis d'un autre destin que le sien propre. L'envie est une souffrance, un déséquilibre qui mine l'esprit et le pousse à agir dans le cercle du malheur. On ne supporte pas l'idée qu'un autre jouit d'un avantage, d'un bien ou d'une reconnaissance que l'on n'a pas. On refuse le réel. On hait ce qu'il implique. On voudrait intervenir pour le façonner selon ses désirs ardents, farouches, dont le but est de légitimer le déséquilibre qui masque une perturbation profonde. C'est une conduite d'échec et de faiblesse pathétique. De là résulte un sentiment de tristesse parce qu'on n'a pas obtenu ce que possède l'autre : talent, richesse, bonheur, santé ou simplement la sérénité de l'âme. Dans la jalousie il y a la convoitise et le désir malsain. Comme toute maladie, la jalousie peut s'exprimer de manière psychosomatique : l'insupportable existence de l'autre devient une agression, le rappel permanent d'une bassesse enfouie, de l'incapacité à réaliser ce que l'ami a réussi. Son succès devient un affront, quelque chose d'intolérable qu'il faut détruire. Son existence même devient alors insupportable.

La jalousie, pour être humaine, n'en est pas moins injuste et inexcusable. Si l'on peut comprendre qu'un être malheureux perde la maîtrise de ses sentiments, on ne peut admettre qu'il piétine des valeurs aussi essentielles que la fidélité et la confiance. S'accepter tel qu'on est n'est pas donné à tout le monde. Ce peut

être une grâce, ce peut être l'aboutissement d'un long travail sur soi, lorsqu'on s'approche de la sagesse. Seul celui qui se contente de ce qu'il a et qui réprime en lui le sentiment ombrageux de l'envie peut se dire qu'il n'est pas possédé par le démon de la jalousie. Il ne s'agit pas d'un sentiment passager, sans gravité. Ne jamais éprouver de jalousie même légère et vite repentie relève d'une sérénité confinant au mysticisme. La jalousie est l'une des faiblesses humaines les plus répandues. Certains la répriment et s'en éloignent, d'autres la cultivent et s'y vautrent, en font un mode de vie et un commerce quotidien.

Le désir d'être l'autre rend malheureux. Chaque être est unique et singulier ; et personne ne peut vivre la solitude de l'autre. L'envie conduit à l'erreur et parfois à la haine. L'amour, l'amitié sont antérieurs à la haine. Haïr c'est s'attrister, c'est s'engager dans le lugubre, c'est froisser son âme, brûler ses biens pour détruire l'être qu'on a aimé. « La haine est une tristesse qu'accompagne l'idée d'une cause extérieure » (Spinoza, *Éthique* III). Cette

cause peut être insignifiante ou grave, une vexation maladroite ou une injustice cruelle. Elle peut naître de rien, exister par elle-même, se contentant d'être là parce qu'on a été abandonné et jeté hors de toute affection. La haine ne peut être que destructrice. Elle est mauvaise par essence. Elle tend à être plus forte que le destin : elle prétend détruire ce que la vie n'a pas détruit, arranger les choses selon sa propre géographie, redistribuer les cartes selon ses propres intérêts... On ne fait pas concurrence au hasard et à la destinée. On creuse de manière obsessionnelle le sillon de son propre malheur en désirant avec force y attirer tous ceux qui échappent à cette tristesse honteuse.

Une amitié qui se vit comme une erreur est certes une blessure. Mais comment détecter le vrai du faux, le sincère de l'hypocrite ?

Je continue de penser que les blessures d'amitié ne se referment jamais. Alors on remonte le temps et on cherche à savoir. Ce qu'on découvre est souvent affligeant. Et l'on se demande : « Comment ai-je pu accorder tant

de confiance à cette personne durant tant d'années ? qu'est-ce qu'il y a en moi qui "autorise" la trahison ? quelle faille en moi est assez visible pour que certains de mes amis s'y engouffrent afin de me trahir ? » On devrait tous passer par une « pédagogie des sentiments », telle qu'on peut la lire chez Stendhal dans *De l'amour* ou chez Fred Ulmann, dans *L'Ami retrouvé*.

Ce n'est pas le traître qu'il faut blâmer, c'est soi. Il faut laisser le traître à sa misère, l'abandonner à ses bassesses. Le reste n'est que du bavardage pour se consoler à peu de frais.

Table

DU MÊME AUTEUR

Harrouda
roman
Denoël, 1973, 1977, 1982

La Réclusion solitaire
roman
Denoël, 1976
et « Points », n° P161

Les amandiers sont morts
de leurs blessures
poèmes
prix de l'Amitié franco-arabe
Maspero, 1976
et « Points », n° P543

La Mémoire future
Anthologie de la nouvelle poésie du Maroc
Maspero, 1976

La Plus Haute des solitudes
Misère affective et sexuelle
d'émigrés nord-africains
essai
Seuil, 1977
et « Points », n° P377

Moha le fou, Moha le sage
roman
prix des Bibliothécaires de France
et de Radio Monte-Carlo
Seuil, 1978
et « Points », n° P358

À l'insu du souvenir
poèmes
Maspero, 1980

La Prière de l'absent
roman
Seuil, 1981
et « Points », n° P376

L'Écrivain public
récit
Seuil, 1983
et « Points », n° P428

Hospitalité française
Seuil, 1984, 1997

La Fiancée de l'eau
théâtre
suivi de
Entretiens avec M. Saïd Hammadi, ouvrier algérien
Actes Sud, 1984

L'Enfant de sable
roman
Seuil, 1985
et « Points », n° P7

La Nuit sacrée
roman
prix Goncourt
Seuil, 1987
« Points », n° P113

Jour de silence à Tanger
récit
Seuil, 1990
et « Points », n° P160

Les Yeux baissés
roman
Seuil, 1991
et « Points », n° P359

Alberto Giacometti
illustré
Flohic, 1991

La Remontée des cendres
suivi de
Non identifiés
poèmes
édition bilingue, version arabe de Kadhim Jihad
Seuil, 1991
et « Points Poésie », n° P544

L'Ange aveugle
nouvelles
Seuil, 1992
et « Points », n° P64

L'Homme rompu
roman
Seuil, 1994
et « Points », n° P116

Poésie complète
Seuil, 1995

Le premier amour est toujours le dernier
nouvelles
Seuil, 1995
et « Points », n° P278

Les Raisins de la galère
roman
Fayard, 1996

La Nuit de l'erreur
roman
Seuil, 1997
et « Points », n° P541

Le Racisme expliqué à ma fille
document
Seuil, 1998
et réédition suivi de
La Montée des haines
2004 et 2009

Médinas
(photographies de Jean-Marc Tingaud)
Assouline, 1998

L'Auberge des pauvres
roman
Seuil, 1999
et « Points », n° P746

Labyrinthe des sentiments
roman
(dessins de Ernest Pignon-Ernest)
Stock, 1999
et « Points », n° P822

Cette aveuglante absence de lumière
roman
prix international Impac
Seuil, 2001
et « Points », n° P967

L'Islam expliqué aux enfants
document
Seuil, 2002
et réédition augmentée de
La Montée des haines, *2004*

Les Italiens
(photographies de Bruno Barbey)
La Martinière, 2002

Amours sorcières
nouvelles
Seuil, 2003
et « Points », n° P1173

Le Dernier Ami
roman
Seuil, 2004
et « Points », n° P1310

Maroc : les montagnes du silence
(photographies de Philippe Lafond)
Chêne, 2004

Delacroix au Maroc
(avec des textes de Pédro de Alarcon, Edmondo de Amicis, Pierre Loti)
Ricci, 2005

Partir
roman
Gallimard, 2006
et « Folio », n° 4525

Giacometti, la rue d'un seul
suivi de
Visite fantôme de l'atelier
Gallimard, 2006

Le Discours du chameau
suivi de
Jénine et autres poèmes
Gallimard, 2007

Les Pierres du temps et autres poèmes
« Points Poésie », n° P1709

L'École perdue
(illustrations de Laurent Corvaisier)
Gallimard Jeunesse, « Folio Junior », n° 1442, 2007

Sur ma mère
Gallimard, 2008
et « Folio », n° 4923

Au pays

Gallimard, 2009
et « Folio », n° 5145

Marabouts, Maroc

(photographies Antonio Cores, Beatriz del Rio Garcia,
dessins Claudio Bravo)
Gallimard, 2009

Lettre à Delacroix

Gallimard, « Folio », n° 5086

Jean Genet : le menteur sublime

récit
Gallimard, 2010
et « Folio », n° 5547

Harrouda

roman
Gallimard, 2010

Beckett et Genet, un thé à Tanger

théâtre
Gallimard, 2010

L'Étincelle
Révoltes dans les pays arabes

essai
Gallimard, 2011

Par le feu

récit
Gallimard, 2011

Au seuil du paradis

essai
Editions des Busclats, 2012

Que la blessure se ferme

poèmes
Gallimard, 2012

Le Bonheur conjugal
roman
Gallimard, 2012
et « Folio », 2014

Lettre à Henri Matisse
et autres écrits sur l'art
« Folio », 2013

L'Ablation
récit
Gallimard, 2014

RÉALISATION : IGS-CHARENTE-PHOTOGRAVURE À L'ISLE-D'ESPAGNAC

Cet ouvrage a été imprimé en France par
CPI Bussière
à Saint-Amand-Montrond (Cher)
en mars 2014.
N° d'édition : 58549-6. - N° d'impression : 2008175.
Dépôt légal : mars 2003.

Éditions Points

DERNIERS TITRES PARUS

P3055. Anquetil tout seul, *Paul Fournel*
P3056. Marcus, *Pierre Chazal*
P3057. Les Sœurs Brelan, *François Vallejo*
P3058. L'Espionne de Tanger, *María Dueñas*
P3059. Mick. Sex and rock'n'roll, *Christopher Andersen*
P3060. Ta carrière est fi-nie !, *Zoé Shepard*
P3061. Invitation à un assassinat, *Carmen Posadas*
P3062. L'Envers du miroir, *Jennifer Egan*
P3063. Dictionnaire ouvert jusqu'à 22 heures
Académie Alphonse Allais
P3064. Encore un mot. Billets du Figaro, *Étienne de Montety*
P3065. Frissons d'assises. L'instant où le procès bascule
Stéphane Durand-Souffland
P3066. Y revenir, *Dominique Ané*
P3067. J'ai épousé Johnny à Notre-Dame-de-Sion
Fariba Hachtroudi
P3068. Un concours de circonstances, *Amy Waldman*
P3069. La Pointe du couteau, *Gérard Chaliand*
P3070. Lila, *Robert M. Pirsig*
P3071. Les Amoureux de Sylvia, *Elizabeth Gaskell*
P3072. Cet été-là, *William Trevor*
P3073. Lucy, *William Trevor*
P3074. Diam's. Autobiographie, *Mélanie Georgiades*
P3075. Pourquoi être heureux quand on peut être normal ?
Jeanette Winterson
P3076. Qu'avons-nous fait de nos rêves ?, *Jennifer Egan*
P3077. Le Terroriste noir, *Tierno Monénembo*
P3078. Féerie générale, *Emmanuelle Pireyre*
P3079. Une partie de chasse, *Agnès Desarthe*

P3080. La Table des autres, *Michael Ondaatje*
P3081. Lame de fond, *Linda Lê*
P3082. Que nos vies aient l'air d'un film parfait, *Carole Fives*
P3083. Skinheads, *John King*
P3084. Le bruit des choses qui tombent, *Juan Gabriel Vásquez*
P3085. Quel trésor !, *Gaspard-Marie Janvier*
P3086. Rêves oubliés, *Léonor de Récondo*
P3087. Le Valet de peinture, *Jean-Daniel Baltassat*
P3088. L'État au régime. Gaspiller moins pour dépenser mieux *René Dosière*
P3089. Refondons l'école. Pour l'avenir de nos enfants *Vincent Peillon*
P3090. Vagabond de la bonne nouvelle, *Guy Gilbert*
P3091. Les Joyaux du paradis, *Donna Leon*
P3092. La Ville des serpents d'eau, *Brigitte Aubert*
P3093. Celle qui devait mourir, *Laura Lippman*
P3094. La Demeure éternelle, *William Gay*
P3095. Adulte ? Jamais. Une anthologie (1941-1953) *Pier Paolo Pasolini*
P3096. Le Livre du désir. Poèmes, *Leonard Cohen*
P3097. Autobiographie des objets, *François Bon*
P3098. L'Inconscience, *Thierry Hesse*
P3099. Les Vitamines du bonheur, *Raymond Carver*
P3100. Les Trois Roses jaunes, *Raymond Carver*
P3101. Le Monde à l'endroit, *Ron Rash*
P3102. Relevé de terre, *José Saramago*
P3103. Le Dernier Lapon, *Olivier Truc*
P3104. Cool, *Don Winslow*
P3105. Les Hauts-Quartiers, *Paul Gadenne*
P3106. Histoires pragoises, *suivi de* Le Testament *Rainer Maria Rilke*
P3107. Œuvres pré-posthumes, *Robert Musil*
P3108. Anti-manuel d'orthographe. Éviter les fautes par la logique, *Pascal Bouchard*
P3109. Génération CV, *Jonathan Curiel*
P3110. Ce jour-là. Au cœur du commando qui a tué Ben Laden *Mark Owen et Kevin Maurer*
P3111. Une autobiographie, *Neil Young*
P3112. Conséquences, *Darren William*
P3113. Snuff, *Chuck Palahniuk*
P3114. Une femme avec personne dedans, *Chloé Delaume*
P3115. Meurtre au Comité central, *Manuel Vázquez Montalbán*
P3116. Radeau, *Antoine Choplin*

P3117. Les Patriarches, *Anne Berest*
P3118. La Blonde et le Bunker, *Jakuta Alikavazovic*
P3119. La Contrée immobile, *Tom Drury*
P3120. Peste & Choléra, *Patrick Deville*
P3121. Le Veau *suivi de* Le Coureur de fond, *Mo Yan*
P3122. Quarante et un coups de canon, *Mo Yan*
P3123. Liquidations à la grecque, *Petros Markaris*
P3124. Baltimore, *David Simon*
P3125. Je sais qui tu es, *Yrsa Sigurdardóttir*
P3126. Le Regard du singe
Gérard Chaliand, Patrice Franceschi, Sophie Mousset
P3127. Journal d'un mythomane. Vol. 2 : Une année particulière
Nicolas Bedos
P3128. Autobiographie d'un menteur, *Graham Chapman*
P3129. L'Humour des femmes, *The New Yorker*
P3130. La Reine Alice, *Lydia Flem*
P3131. Vies cruelles, *Lorrie Moore*
P3132. La Fin de l'exil, *Henry Roth*
P3133. Requiem pour Harlem, *Henry Roth*
P3134. Les mots que j'aime, *Philippe Delerm*
P3135. Petit Inventaire des plaisirs belges, *Philippe Genion*
P3136. La faute d'orthographe est ma langue maternelle
Daniel Picouly
P3137. Tombé hors du temps, *David Grossman*
P3138. Petit oiseau du ciel, *Joyce Carol Oates*
P3139. Alcools (illustrations de Ludovic Debeurme)
Guillaume Apollinaire
P3140. Pour une terre possible, *Jean Sénac*
P3141. Le Baiser de Judas, *Anna Grue*
P3142. L'Ange du matin, *Arni Thorarinsson*
P3143. Le Murmure de l'ogre, *Valentin Musso*
P3144. Disparitions, *Natsuo Kirino*
P3145. Le Pont des assassins, *Arturo Pérez-Reverte*
P3146. La Dactylographe de Mr James, *Michiel Heyns*
P3147. Télex de Cuba, *Rachel Kushner*
P3148. Promenades avec les hommes, *Ann Beattie*
P3149. Le Roi Lézard, *Dominique Sylvain*
P3150. Scènes de la vie quotidienne à l'Élysée, *Camille Pascal*
P3151. Je ne t'ai pas vu hier dans Babylone
António Lobo Antunes
P3152. Le Condottière, *Georges Perec*
P3153. La Circassienne, *Guillemette de Sairigné*
P3154. Au pays du cerf blanc, *Chen Zhongshi*

P3155. Juste pour le plaisir, *Mercedes Deambrosis*
P3156. Trop près du bord, *Pascal Garnier*
P3157. Seuls les morts ne rêvent pas.
La Trilogie du Minnesota, vol. 2, *Vidar Sundstøl*
P3158. Le Trouveur de feu, *Henri Gougaud*
P3159. Ce soir, après la guerre, *Viviane Forrester*
P3160. La semaine où Jérôme Kerviel a failli faire sauter le système financier mondial. Journal intime d'un banquier, *Hugues Le Bret*
P3161. La Faille souterraine. Et autres enquêtes *Henning Mankell*
P3162. Les deux premières enquêtes cultes de Wallander : Meurtriers sans visage & Les Chiens de Riga *Henning Mankell*
P3163. Brunetti et le mauvais augure, *Donna Leon*
P3164. La Cinquième Saison, *Mons Kallentoft*
P3165. Les Nouvelles Enquêtes du Juge Ti : Panique sur la Grande Muraille & Le Mystère du jardin chinois *Frédéric Lenormand*
P3166. Rouge est le sang, *Sam Millar*
P3167. L'Énigme de Flatey, *Viktor Arnar Ingólfsson*
P3168. Goldstein, *Volker Kutscher*
P3169. Mémoire assassine, *Thomas H. Cook*
P3170. Le Collier de la colombe, *Raja Alem*
P3171. Le Sang des maudits, *Leighton Gage*
P3172. La Maison des absents, *Tana French*
P3173. Le roi n'a pas sommeil, *Cécile Coulon*
P3174. Rentrez chez vous Bogner, *Heinrich Böll*
P3175. La Symphonie des spectres, *John Gardner*
P3176. À l'ombre du mont Nickel, *John Gardner*
P3177. Une femme aimée, *Andreï Makine*
P3178. La Nuit tombée, *Antoine Choplin*
P3179. Richard W., *Vincent Borel*
P3180. Moi, Clea Shine, *Carolyn D. Wall*
P3181. En ville, *Christian Oster*
P3182. Apprendre à prier à l'ère de la technique *Gonçalo M. Tavares*
P3183. Vies pøtentielles, *Camille de Toledo*
P3184. De l'amour. *Textes* tendrement *choisis par Elsa Delachair*
P3185. La Rencontre. *Textes* amoureusement *choisis par Elsa Delachair*

P3186. La Vie à deux. *Textes* passionnément *choisis par Elsa Delachair*
P3187. Le Chagrin d'amour. *Textes* rageusement *choisis par Elsa Delachair*
P3188. Le Meilleur des jours, *Yassaman Montazami*
P3189. L'Apiculture selon Samuel Beckett, *Martin Page*
P3190. L'Affaire Cahuzac. En bloc et en détail, *Fabrice Arfi*
P3191. Vous êtes riche sans le savoir *Philippe Colin-Olivier et Laurence Mouillefarine*
P3192. La Mort suspendue, *Joe Simpson*
P3193. Portrait de l'aventurier, *Roger Stéphane*
P3194. La Singulière Tristesse du gâteau au citron, *Aimee Bender*
P3195. La Piste mongole, *Christian Garcin*
P3196. Régime sec, *Dan Fante*
P3197. Bons baisers de la grosse barmaid. Poèmes d'extase et d'alcool, *Dan Fante*
P3198. Karoo, *Steve Tesich*
P3199. Une faiblesse de Carlotta Delmont, *Fanny Chiarello*
P3200. La Guerre des saints, *Michela Murgia*
P3201. DRH, le livre noir, *Jean-François Amadieu*
P3202. L'homme à quel prix ?, *Cardinal Roger Etchegaray*
P3203. Lumières de Pointe-Noire, *Alain Mabanckou*
P3204. Ciel mon moujik ! Et si vous parliez russe sans le savoir ? *Sylvain Tesson*
P3205. Les mots ont un sexe. Pourquoi « marmotte » n'est pas le féminin de « marmot », et autres curiosités de genre, *Marina Yaguello*
P3206. L'Intégrale des haïkus, *Bashō*
P3207. Le Droit de savoir, *Edwy Plenel*
P3208. Jungle Blues, *Roméo Langlois*
P3209. Exercice d'abandon, *Catherine Guillebaud*
P3210. Le Roman de Bergen. 1999 Le crépuscule – tome V *Gunnar Staalesen*
P3211. Le Roman de Bergen. 1999 Le crépuscule – tome VI *Gunnar Staalesen*
P3212. Amie de ma jeunesse, *Alice Munro*
P3213. Le Roman du mariage, *Jeffrey Eugenides*
P3214. Les baleines se baignent nues, *Eric Gethers*
P3215. Shakespeare n'a jamais fait ça, *Charles Bukowski*
P3216. Ces femmes qui ont réveillé la France *Valérie Bochenek, Jean-Louis Debré*
P3217. Poèmes humains, *César Vallejo*
P3218. Mantra, *Rodrigo Fresán*

P3219. Guerre sale, *Dominique Sylvain*
P3220. Arab Jazz, *Karim Miske*
P3221. Du son sur les murs, *Frantz Delplanque*
P3222. 400 coups de ciseaux et autres histoires
Thierry Jonquet
P3223. Brèves de noir
P3224. Les Eaux tumultueuses, *Aharon Appelfeld*
P3225. Le Grand Chambard, *Mo Yan*
P3226. L'Envers du monde, *Thomas B. Reverdy*
P3227. Comment je me suis séparée de ma fille
et de mon quasi-fils, *Lydia Flem*
P3228. Avant la fin du monde, *Boris Akounine*
P3229. Au fond de ton cœur, *Torsten Pettersson*
P3230. Je vais passer pour un vieux con. Et autres petites phrases
qui en disent long, *Philippe Delerm*
P3231. Chienne de langue française! Répertoire tendrement
agacé des bizarreries du français, *Fabian Bouleau*
P3232. 24 jours, *Ruth Halimi et Émilie Frèche*
P3233. Aventures en Guyane. Journal d'un explorateur disparu
Raymond Maufrais
P3234. Une belle saloperie, *Robert Littell*
P3235. Fin de course, *C.J. Box*
P3236. Corbeaux. La trilogie du Minnesota, vol. 3
Vidar Sundstøl
P3237. Le Temps, le temps, *Martin Suter*
P3238. Nouvelles du New Yorker, *Ann Beattie*
P3239. L'Embellie, *Audur Ava Ólafsdóttir*
P3240. Boy, *Takeshi Kitano*
P3241. L'Enfance des criminels, *Agnès Grossmann*
P3242. Police scientifique: la révolution. Les vrais experts
parlent, *Jacques Pradel*
P3243. Femmes serials killers. Pourquoi les femmes tuent?,
Peter Vronsky
P3244. L'Histoire interdite. Révélations sur l'Histoire de France,
Franck Ferrand
P3245. De l'art de mal s'habiller sans le savoir
Marc Beaugé (illustrations de Bob London)
P3246. Un homme loyal, *Glenn Taylor*
P3247. Rouge de Paris, *Jean-Paul Desprat*
P3248. Parmi les disparus, *Dan Chaon*
P3249. Le Mystérieux Mr Kidder, *Joyce Carol Oates*
P3250. Poèmes de poilus. Anthologie de poèmes français,
anglais, allemands, italiens, russes (1914-1918)